KB197683

#웹소설

#독자

#댓글

♯웹소설 ♯독자 ♯모델

요다 ♯ 장르 비평선 04

김준현 지음

머리말
댓글 독자의 탄생

　이 책에는 웹소설 댓글과 독자에 관한 이야기가 담겨 있다. 댓글은 웹소설 독자를 기존 독자와는 다른 위상과 역할을 지닌 존재로 만든다. 나아가 웹소설을 기존 소설과 다른 양식으로 만드는 중요한 변수 중 하나다. 지금부터 이에 대해 설명하고 그 변화를 살펴보고자 한다.

　앞서 말했듯 댓글이 중요한 이유는 웹소설의 소통 양상을 이전 시대의 문학 양식과 완전히 다르게 만들었기 때문이다. 쉽게 말하면 웹소설 작품을 둘러싼 소통을 독자 중심으로 만든 것이고, 조금 어렵게 말하면 독자의 주체성을 강화한 것이다.

　댓글만큼 분명하게 독자가 자신의 목소리, 나아가 주체성을 드러낼 수 있는 창구는 이전까지 존재하지 않았다. 간단하게 말해 댓글은 독자를 발화 주체로 만든다.

웹 환경이 정착되기 전 독자들은 작가에게 자기 생각을 제대로 전달할 수 있는 창구가 없었다. 예나 지금이나 종이책 독자가 작가에게 자신의 의견을 전달하려면 웹에서와는 비교도 할 수 없을 만큼 상당한 수고를 거쳐야 한다. 또 자신의 목소리가 작가에게 도달하리라고 확신할 수도 없다.

독자의 주체성, 작가와 독자의 수평적 소통의 중요성이 20세기 내내 강조되었는데도 말이다! 독자의 목소리가 전달되기 힘든 환경에서 '작가는 독자의 말에 항상 귀 기울여야 한다'는 말은 공허하게 들린다. 독자의 말에 귀 기울여야 한다고들 하지만, 텍스트를 기반으로 한 문학 양식에서 다수의 독자는 실제로 소통에 얼마나 참여할 수 있었을까?

작가와 독자 사이의 지식적 위계가 무너졌다는 사실을 인정하면서도, 작가가 독자의 말을 경청해야 한다는 것을 강조하면서도, 그것을 뒷받침할 시스템이 부재한 것이 20세기 문학의 소통 양상이다.

작가와 독자의 수평적 소통이 추상적인 구호로 존재하던 중 컴퓨터가 개발되고 인터넷이 도입되었다. 소위 '웹'이라고 부르는 환경이 정착된 것이다. 그 후 웹을 통한 소통 과정에서 이전 시대의 소통과는 구별되는 쌍방향 도구 혹은 제도가 개발, 보급되었다.

그 결과로 나온 것이 이 책의 주인공인 '댓글'이다. 물론 웹이나 댓글이 처음부터 작가와 독자의 수평적 소통이나 독자의 주체성을 위해 구축되지는 않았을 것이다. 그러나 스마트폰의 문화적 파급력이 그 개발자들이 상상했던 것보다 훨씬 컸던 것처럼, 거의 모든 발명품의 문화적 파급력과 범위는 발명 이전의 상상을 뛰어넘는다. 웹과 구성 요소인 댓글은 빠른 속도와 강력함으로 독자를 향해 닫혀 있던 작가의 귀를 열게 하고, 나아가 작가가 먼저 독자의 말에 귀 기울이게 만든다.

웹소설 작가나 웹툰 작가에게 댓글은 그야말로 '뜨거운 감자'다. 작가는 독자가 쓴 댓글이 궁금하지만, 너무 자주 보지 않으려고 노력한다. 상처받는 경우가 많기 때문이다. 그러나 그러면서도 매일 보지 않고는 못 배기는 게 댓글이다. 욕설과 모욕이 담긴 '악플(악성 댓글)'도 상처가 되지만, 작가 입장에서 더 무서운 댓글은 따로 있다. 작가가 읽어봐도 수긍할 수밖에 없는, 작품의 한계와 맹점이 적나라하게 적힌 댓글이다.

이런 비평을 댓글로 마주할 때, 작가의 정신적 충격은 엄청나다. 그러나 작가가 독자의 댓글을 통해 얻는 정보 또한 막대하기 때문에 댓글 읽기를 등한시할 수 없다. 그렇게 작가는 댓글을 읽지 않겠다고 다짐하며 스마트폰 전원을 끄지만, 결국 잠들기 전 벌떡 일어나 댓글을 확인하기 위해 스마트폰을 켠다.

독자 입장에서 다시 생각해보자. 독자는 댓글을 통해 작가에게 직접 즉각적인 영향을 줄 수 있게 되었다. 2~3년 전 유명한 웹소설 플랫폼에서는 댓글에 못 이겨 자살 시도를 한 작가도 있었다. 해당 플랫폼에서는 이와 관련해 독자들에게 간곡한 당부를 전하는 공지 글을 게재하기도 했다. 그 핵심은 다음과 같다.

"당신들의 댓글은 당신들이 생각하는 것보다 훨씬 강력하다."

작가와 독자의 힘겨루기에서 작가는 오랫동안 절대적 우위를 차지해왔다. 그런데 어느 순간, 그 무게 추가 기울어지다 완전히 역전되었다. 이제 텍스트를 통한 소통에서 독자는 엄청난 힘을 발휘한다. 이 점은 웹 매체에 익숙한 사람이라면 누구나 인식하고 있다. 작가의 글에 영향력을 끼치기 힘들었던 종이책 시대의 독자는, 댓글 한 문장에 작가의 목숨이 오갈 만큼 영향력 있는 웹 시대의 독자가 되었다.

이 책에서는 웹 시대의 독자에 관해 이야기 나누고자 한다. 이른바 '댓글 독자'의 탄생이다. 이는 댓글 독자의 힘이 가장 두드러지는 웹소설 장르에서의 독자와 댓글에 관한 이야기이기도 하다.

그래서 이 책에도 다음과 같은 해시태그를 달아
본다.

#웹소설 #독자 #댓글

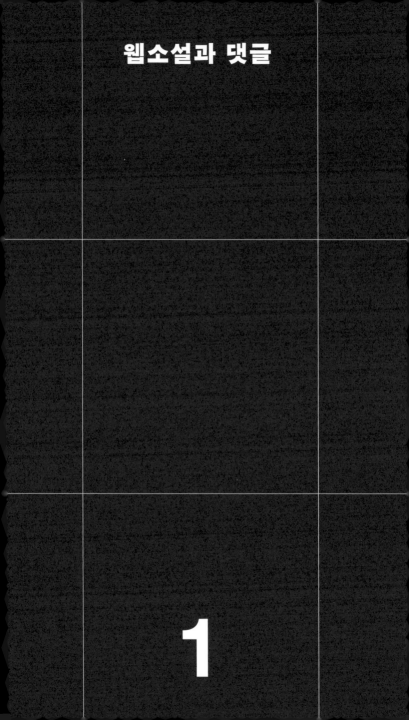

웹소설과 댓글

1

웹소설 작가에게 댓글이란

'하차'는 웹소설 작가가 무서워하는 말 중에 하나다. 웹소설 작가가 모이면 다음과 같은 우스갯소리를 나눌 정도다. "나는 버스에서 내릴 때 교통카드를 태그하지 않아요. '하차입니다'라는 말이 듣기 싫어서요!" '하차'는 연재 중인 작품을 완결까지 읽지 않고 그만두는 것을 일컫는다. 물론 '타고 있던 차에서 내림'을 뜻하는 '하차'에서 유래한 웹소설 용어다. 그러니까 독자의 하차한다는 말은, 앞으로 그 작품을 읽지 않겠다는 선언이기도 하다.

"하차요!" 완결을 향해 작품을 열심히 쓰고 있는 작가에게 작품 읽기를 그만두겠다는 독자의 말은 눈을 질끈 감게 될 정도로 아프게 들린다. 열심히 쓰고 있는 작품의 독자가 하나둘씩 줄어가는데, 어떻게 무섭지 않을 수 있겠는가. 작가가 '하차'라는 말을 싫어하는 건 어찌 보면 당연한 일이다. 역으로 독자로서는 작가에게 해줄 수 있는 가장 짧으면서도 상처가 되는 말이 '하차'다.

작가는 어디서 '하차'라는 말을 가장 많이 접할까? 말할 것도 없이 작품이 연재되는 플랫폼의 댓글 창이다. 작가 입장에서 댓글 창은 상처를 자주 받게 되는 공간이다. 그래서 많은 작가가 되도록 자신의 작품에 달린 댓글을 적게 보려고 노력한다. 하지만 그게 마음대로 될까?

인터넷 게시판에 가벼운 마음으로 짧은 댓글만 달아도 다른 사람의 '대댓글(댓글에 달린 댓글)'이 달렸는지 수시로 확인하기 마련이다. 그리고 자신의 댓글에 대해 공격이나 비판을 하는 대댓글에 크게 상처를 받거나 악플로 대응하기도 한다.

그런데 하물며 힘들여 집필한 자신의 작품을 플랫폼에 업로드해놓고 어떤 댓글이 달리든 신경 쓰지 않을 수 있는 작가가 있다? 그 작가는 대단히 무신경하거나, 엄청나게 대담한 사람일 것이다. 대부분의 작가는 상처받기 싫어 꺼리면서도 결국은 작품의 댓글 창에 수시로 들락거린다.

근본적인 질문을 던져보자. 왜 작가들은 댓글 창을 열람하기를 꺼릴까? 이유는 간단하다. 무섭기 때문이다. 독자들이 내는 날것의 목소리를 들어야 하기 때문이다. 사실 집단으로서의 독자들은 매우 사나운 존재다. 상당히 예민하고, 언제나 화가 나 있는 것처럼 보이기도 한다. 더욱이 댓글 창에는 분노를 절제할 수 있는 안전장치도 없고, 필요성도 없다(댓글 창에 필터링 기능이 있기는 하지만, 여전히 제한적이다). 댓글 창은 독자가 분노를 표출할 수 있는 공간이지, 분노를 조절해야 하는 공간이 아니다.

우리는 동물원의 호랑이를 보며 위협을 느끼지 않는다. 사납더라도 나를 공격할 수 없다면 별로 무섭지 않을 것이다. 그러나 21세기의 독자는 더 이상 동물원의 호랑이 같은 존재가 아니다. 확성기를 입에 대고 나에게 바짝 다가와 앉은 존재, 수가 틀리면 화를 내거나 고함을 지를 수 있는 존재다.

이렇듯 독자를 사나우면서도 위협적인 존재로 만들 수 있는 건 두말할 것 없이 댓글이다. 댓글은 물리적으로 존재하며, 웹이라는 매체 안에서 중요한 역할을 하도록 제도화되어 있다. 이와 같은 댓글의 특성 때문에 작가와 독자는 매우 활발하게 소통하는 사이가 되었다.

이는 작가와 독자 사이에서 지금까지와는 전혀 다른 소통 양상을 야기했다. 작가는 독자의 말을 기다린다. 작가는 독자의 말을 경청한다. 작가는 독자의 말을 무서워한다. 작가는 독자의 말에 상처받는다. 작가는 독자의 말에서 배우고 성장한다.

　모든 변화가 그렇듯 댓글에 의한 새로운 소통 양상에도 좋은 점과 나쁜 점이 존재한다. 그로 인한 여러 가지 파급 효과 또한 존재한다. 이에 대해 차근차근 풀어나가도록 하자.

웹이라는 매체와 댓글

필자는 웹소설을 쓰고 연구하며 강의해왔다. 특히 웹소설 강의를 여러 장소에서 여러 방식으로 진행하는데, 댓글에 대해서는 매번 언급하게 된다. 그만큼 댓글은 웹소설의 중요한 요소가 되었다. 그와 관련해 다음과 같은 질문을 받은 적이 있다. "다른 장르에 비해 웹소설에서의 댓글이 더 중요한 것처럼 말씀하시는데, 이유가 있나요? 요즘에는 텔레비전 드라마에 대한 댓글도 많이 달리는데요."

중요한 질문이다. 왜 다른 장르에 비해 웹소설에서의 댓글이 더 중요할까? 질문에 언급되었던 텔레비전 드라마를 생각해보자. 물론 드라마의 시청자들도 댓글을 단다. 해당 작품과 관련된 웹페이지에는 작품에 대한 정보를 제공하는 것은 물론, 작품에 대해 독자들이 의견을 제시할 수 있도록 댓글 창을 제공하는 게 보통이다.

하지만 좀 더 찬찬히, 웹소설 작품을 읽고 댓글을 작성하는 과정과 드라마를 보고 웹페이지에 댓글을 작성하는 과정을 머릿속에 그려보자. 드라마를 주로 어디에서 감상하는가? 최근 들어 '넷플릭스' 같은 웹 기반 플랫폼(OTT)을 이용해서 드라마를 보는 빈도가 늘어나기는 했지만, 주된 매체는 여전히 텔레비전이다. 텔레비전으로 드라마를 본 시청자가 댓글을 달기 위해서는 스마트폰이나 컴퓨터를 켜서 별도의 플랫폼에 접근해야 한다.

즉, 콘텐츠를 감상하는 플랫폼과 댓글을 다는 플랫폼이 구별되어 있다. 감상과 댓글 달기가 모두 가능한 플랫폼이 있지만, 이 플랫폼을 이용하는 시청자는 일부일 뿐이다. '넷플릭스'는 대표적인 드라마·영화 스트리밍 플랫폼이지만, 댓글 기능을 제공하지 않는다. 드라마 시청자 중에는 '댓글 달기'와 '댓글 읽기' 등 댓글과 콘텐츠를 동시에 즐기는 사람보다 그렇지 않은 사람이 더 많은 것이다.

그런데 웹소설은 다르다. 웹소설은 작품을 감상하는 곳과 댓글을 다는 곳이 같다. 보다 근본적으로 살펴보자. 웹소설은 '웹 게시판'의 형태로 유통된다. 웹소설 작가가 작품을 연재하기 위해서는 '게시판(bulletin board)'을 생성해야만 한다. 웹소설은 작품인 동시에 게시물이기도 하다. 이때 작품은 게시판의 층위이고, 한 화(話)는 게시물의 층위이다. 예를 들어 200화가 연재된 작품 〈해시태그〉의 경우, '해시태그'라는 게시판에 200개의 게시물이 존재하는 것이다.

웹소설 쓰기는 창작의 영역이지만, 웹소설 연재는 게시판 운영의 영역이기도 하다. 작가는 게시판 운영자 역할도 겸한다. 게시판 운영자 입장에서 댓글이 얼마나 중요한지 굳이 설명할 필요가 있을까? 댓글은 게시자에 비해 게시판 운영자에게 더 중요하다. 욕설이 들어간 소위 '악플'의 경우, 게시자는 아무런 대응을 하지 않을 수도 있다. 그러나 게시판 운영자는 어떠한 대응이든 해야만 하는 입장이다.

웹소설은 '웹'이라는 매체와 보다 근본적인 관계를 형성한다. 웹을 통해 유통된다는 사실은, 웹소설은 일반적인 웹 게시판 형태로 독자와 소통한다는 의미이다. 그리고 이 게시판에서 '작품'과 '댓글'의 관계는 텔레비전 드라마나 음악 등 다른 매체에 비해 훨씬 밀접하다.

웹소설 작가는 작가인 동시에 게시판 관리자이며, 웹소설 독자는 독자인 동시에 게시판 사용자다. 댓글은 독자의 목소리인 동시에 작가 혹은 출판사가 운영자로서 관리해야 할 게시판 사용자의 목소리이다. 그리고 필연적으로 작품과 함께 읽힌다.

첫 댓글은 많은 것을 결정한다

우리는 웹소설·웹툰뿐 아니라 유튜브 등 다양한 웹콘텐츠에 익숙하다. 웹콘텐츠에는 수많은 특징이 있지만, 앞서 말한 것처럼 게시판의 형식을 띠면서 댓글과 함께 제공된다는 것 또한 빼놓을 수 없다. 댓글과 게시물의 관계에 대해서는 다음과 같은 통념이 존재한다.

"첫 댓글이 다음 댓글을 좌우한다."

"첫 댓글이 사나우면 댓글 창 분위기도 사나워진다."

"첫 댓글이 본문 내용을 오독하면, 다음 댓글들도 본문 내용을 오독한다."

단순히 '밈(meme)'으로만 통용되는 믿음일 것도 같지만, 「첫 댓글의 영향력」[01]이라는 제목으로 이 현상을 증명한 논문도 존재한다. 웹소설뿐만 아니라 일반 웹 게시물이든 웹 기사든, 본문만 읽고 댓글을 읽지 않는 사람은 소수다. 그리고 첫 댓글의 분위기가 다음 댓글들의 분위기를 결정한다는 사실은 여러 방면에서 공유되고 있다.

왜 이런 현상이 발생할까? 본문과 함께 댓글 또한 독자에게는 매우 중요한 읽을거리이다. 오히려 본문보다 댓글을 더 열심히 읽기도 한다. 이런 경우를 부정한다면, 첫 댓글이 본문을 오독했다고 다음 댓글들도 줄줄이 오독하는 현상을 설명하기 어려울 것이다. "세 줄 요약 좀"과 같은 댓글이 대표적이다. 본문은 길어서 읽기 어려우니 댓글로 정리나 요약해주기를 기대하는 것이다.

대체로 본문은 길고 댓글은 짧다. '짧다'는 것만으로도 독자에게는 매력이 된다. 읽을거리로 선택될 가능성이 높다는 것이다. 이런 점에서 보면 본문과 함께 제공되는 댓글이 독자의 읽기 대상으로 얼마나 중요한 역할을 하는지 알 만하다.

웹소설에서도 이런 현상은 이어진다. 웹소설은 웹에서 볼 수 있는 가장 긴 텍스트라고 할 수 있다. 판

01   이병관, 임혜빈, 광고학연구, 30(1), 2019, 7~27쪽.

타지 웹소설을 종이책으로 묶으면 10권을 훌쩍 넘는 경우가 허다하다. 웹소설 독자는 이렇게 긴 호흡의 작품을 따라가면서 읽는다. 독자에게도 웹소설 한 편을 선택하여 읽는 것은 꽤 많은 시간과 기회비용을 투자하는 일인 셈이다. 독자 입장에서도 읽던 작품에서 '하차'하는 것은 유쾌하지 않다. 작품이 끝날 때까지 자신에게 재미와 만족감을 주리라 기대하며 읽기 시작했을 것이기 때문이다.

정말 재미있는 작품인지, 내 취향에 맞는 작품인지를 파악하는 데는 얼마나 걸릴까? 일반적으로 웹소설 작가들은 5화 이내에 작품의 성격과 방향을 독자에게 알리려고 노력한다. 그런데 이 5화라는 분량도 만만한 것은 아니다. 웹소설 1화의 분량은 5,000자 정도이다. 200자 원고지로 환산하면 공백을 포함해 30매 분량이다. 5화 분량이면 25,000자이고, 원고지로 환산하면 대략 150매이다.

이 책의 분량은 원고지 300매 남짓이다. 이 책의 절반 정도를 읽어야 웹소설 5화 분량을 읽은 것과 같아지는 셈이다. 이런 사정 때문에 웹소설 독자들도 그 작품의 재미와 가치를 가늠하기 위해 직접 읽기 전에 먼저 읽은 독자의 의견을 참고하려는 경향이 있다. 즉, 읽을 작품을 선택하기 위해 댓글을 적극적으로 참고하는 것이다.

웹소설 작가들은 연재를 시작한 뒤 첫 댓글이 올라오기를 손꼽아 기다린다. 그 댓글에는 곧 많은 독자의 '대댓글'이 달리고, '좋아요' 혹은 '싫어요' 등으로 호응을 하기도 한다. 첫 번째 댓글은 별 내용이 없더라도 그 존재감은 강력하다.

'정말 유치해서 못 봐주겠다'라는 댓글이 처음으로 달린다면 작가의 가슴은 무너진다. 그리고 다음 댓글에 영향을 미친다. '응, 맞아'라는 다음 댓글이 달릴 가능성이 높아진다. 나아가 작품의 조회수에도 영향을 끼친다.

작가가 댓글에 관심을 갖는 것은, 그것이 자신에게 하는 말이라서만이 아니다. 독자들끼리의 의견 교류이자, 독자들끼리의 대화인 댓글의 양상이 어떻게 전개될 것인가가 작품의 향후 운명에 지대한 영향을 미치기도 하기 때문이다.

'제발, 첫 댓글은 우호적이기를….' 이렇게 소망하는 작가가 많다는 것은 댓글이 독자가 읽는 작품의 일부라는 것을 단적으로 보여준다. 댓글은 작가가 쓴 글은 아니지만 작품 전체를 대변하기도 한다. 또한, 작품을 읽기 전에 댓글만 읽고 떠나는 독자도 있다. 댓글과 작품의 관계를 고민하지 않을 수 없게 만드는 지점이다.

댓글은 웹콘텐츠의 일부다

    이제는 종이 신문을 통해 뉴스를 접하는 사람이 매우 적다. 웹을 통해 뉴스를 접하는 시대다. 이러한 시대적 흐름은 단순히 뉴스 텍스트를 읽는 경로가 종이에서 웹으로 바뀌었다는 것만을 의미할까? 그것보다는 좀 더 복잡하다.

    〈동아일보〉나 〈경향신문〉 같은 유명 일간지를 예로 들어보자. '네이버'나 '다음' 등의 포털사이트를 통해 해당 신문을 읽는다고 생각해보자. '네이버'를 통해 〈동아일보〉 기사를 읽었다면, 그는 '네이버 뉴스'의 독자이기도 하고, 〈동아일보〉의 독자이기도 하다. '다음 뉴스'를 통해 〈동아일보〉의 기사를 읽은 독자와는 구별되는 지점이 있다.

    '루리웹'이나 '디시인사이드'와 같은 사이트를 통해 뉴스를 읽는 경우도 많다. '루리웹'은 게임 관련

사이트, '디시인사이드'는 디지털카메라 관련 사이트로 시작됐지만, 지금은 그보다 사용자의 폭이 훨씬 넓어져서 포털사이트의 일종으로 분류되기도 한다. 그러다 보니 두 사이트 모두 별도로 설치된 '뉴스' 게시판에 다양한 언론사의 뉴스가 링크되어 있다. 해당 사이트의 사용자들은 그 게시판을 통해 뉴스를 접하는 것이다.

같은 〈동아일보〉 기사라고 해도 '네이버'를 통해서 읽는 사람, '다음'을 통해서 읽는 사람, '디시인사이드'나 '루리웹'을 통해서 읽는 사람이 모두 구별되는 것이다. 이건 읽기 경로의 차이만을 의미하지는 않는다. '네이버'나 '다음'이든, '루리웹'이나 '디시인사이드'든 사용자들의 성향에 따라 차이가 나타나기 때문이다. 즉, '네이버'를 통해 기사에 접근한 사람들은 '네이버' 사용자와 함께 읽기를 수행하는 것이고, '루리웹'을 통해 기사에 접근한 사람들은 '루리웹' 사용자와 함께 읽기를 수행하는 것이다.

웹콘텐츠의 함께 읽기가 가장 두드러지게 드러나는 공간은 어디일까? 물론 댓글 창이다. 필자를 비롯한 수많은 뉴스 텍스트의 독자들은 댓글과 함께 새로운 소식을 접하는 게 일상이 되었다. 나아가 댓글 없이 뉴스를 읽다 보면 뭔가 빠진 것 같은 느낌이 들기까지 한다.

예를 들어보자. 최근 정부에서 '유전을 발견하여 개발한다'고 발표했고, 그 소식은 여러 언론사에서 일제히 대서특필되었다. 이런 기사를 접하면, 비판적인 뉴스 독자들은 다음과 같은 것이 궁금할 것이다.

"옛날에야 유전이 발견되면 무조건 좋았지만, 지금은 경제성 없는 유전도 있지 않을까?"
"유전 발견과 같은 희소식을 담은 보도자료가 하필 지금 나오는 것은 어떤 정치적인 맥락이 있는 게 아닐까?"
"저 유전이 이번에 처음 발견된 것이 맞나?"
"유전의 경제성을 따졌다는 전문가는 얼마나 신뢰할 수 있는 사람인가?"

신문 기사의 특성상 기사만으로는 이런 의문을 제대로 해소할 수 없다. 기사에는 기자의 개인적인 의견이나 논평을 자유롭게 쓸 수 없기 때문이다.

이제 우리는 신문 기사가 객관적인 사실만을 전달하는 텍스트가 아니라는 걸 잘 안다. 그렇다고 기자의 주관성이 개입되어 있음을 솔직하게 표방하는 텍스트도 아니다. 그렇기 때문에 기사를 읽을 때 참조할 만한 텍스트를 더욱더 필요로 하게 된다.

독자 입장에서 가장 쉽고 빠르게 참고할 수 있는

텍스트는 댓글이다. 일반적으로 기사를 읽고 스크롤 바를 조금 내리면, 다른 사람들의 의견이 달린 댓글 창이 있다. 게다가 어떤 댓글이 다른 독자의 지지를 받았는지도 확인할 수 있다.

댓글의 내용은 매우 다양하다. 기사의 오류나 관점에 관한 문제점을 지적하기도 한다. 또한 같은 취재 대상에 관한 다른 언론사의 보도를 비교하기도 하고, 해당 기사를 이해하는 데 도움이 되는 자료를 소개하기도 한다. 이런 식으로 뉴스 텍스트를 읽는 것에 익숙해지면, 댓글 없이 기사를 읽는 것은 물안경 없이 수영장 물에 뛰어드는 것과 비슷한 행위가 된다.

물론 플랫폼 사용자의 성향에 따라 댓글도 나름의 성향을 띤다. 결국 비슷한 성향의 독자끼리 함께 읽음으로써, 웹에서의 읽기는 훨씬 더 입체적으로 이루어지게 된다. 이러한 사례를 통해 댓글이 웹상의 텍스트 혹은 웹콘텐츠의 중요한 일부가 되었다고 판단할 수 있다.

지금까지 댓글을 통한 함께 읽기에 대한 웹 매체에서의 일반적인 현상을 살펴보았다. 이제 이를 바탕으로 같은 맥락의 사례를 웹소설에서 찾아보도록 하자.

댓글은 웹소설 텍스트의 일부다

웹소설을 많이 접한 독자라면 잘 알고 있겠지만, 웹소설 플랫폼마다 성향이 다르다. 가장 오래된 웹소설 플랫폼인 '문피아'와 '조아라'를 예로 들어보자. '문피아'는 남성 독자의 비율이 높고 '조아라'는 여성 독자의 비율이 높다. 플랫폼의 성향은 웹소설 작가가 매우 중요하게 여기는 정보 중 하나이다. 성별, 연령대, 선호하는 장르 등 다양한 기준을 통해 작가는 나름대로 플랫폼을 비교하여 분류한다.

물론 '○○ 플랫폼은 □□ 위주다'라고 단정 짓기는 어렵다. 그러나 작가들은 플랫폼의 성향을 일반화하여 다양한 방식으로 접근한다. 그리고 일반화된 정보는 여러 작가에 의해 공유되며 객관적인 정보처럼 활용되기도 한다.

그런데 웹소설은 여러 플랫폼에서 동시에 연재

되는 것이 일반적이다. 웹소설 연재 시 '선독점'을 하기도 한다. 선독점은 일정 기간 동안 특정 플랫폼에 먼저 독점으로 연재한 후, 다른 플랫폼에서 연재를 하는 것이다. '문피아'같이 대표적인 플랫폼은 일반적으로 100화 선독점을 한다. '문피아'에서 100화 선독점으로 연재를 시작했다고 한다면, 100화까지는 '문피아'에서만 연재를 해야 한다. 그 후 101화부터는 다른 플랫폼에서도 자유롭게 연재할 수 있다.

'선독점'에서 짐작할 수 있듯이 웹소설 작품은 특정 플랫폼에 묶이지 않는다. 이는 웹소설과 웹툰의 잘 알려지지 않은 큰 차이점이기도 하다. 웹툰의 대표 작품은 '네이버 웹툰', '다음 웹툰' 등 플랫폼과 함께 기억되는 경우가 많다. 대표적인 웹툰 작품인 〈미생〉은 '다음 웹툰' 플랫폼에서만 연재되었기 때문에 '다음 웹툰의 대표작'이라는 꼬리표가 따라다닌다. 〈입시명문사립 정글고등학교〉나 〈마음의 소리〉 같은 작품은 '네이버 웹툰'의 대표작으로 기억된다.

그런데 〈전지적 독자 시점〉이나 〈재벌집 막내아들〉 같은 웹소설 대표작은 사정이 다르다. '문피아'에서 먼저 연재되기는 했지만, 이 작품들을 '문피아의 대표 웹소설'로 기억하는 사람은 많지 않다. '문피아' 외에도 '네이버 시리즈', '카카오페이지' 등 적게는 5곳, 많게는 10곳 이상의 주류 웹소설 플랫폼에서 볼 수 있기 때문이다.

여담이지만, 이는 웹소설을 출간하는 출판사나 웹툰을 출간하는 출판사의 역할에서도 큰 차이를 초래한다. 웹소설 출판사(contents provider, CP)는 한 작품을 여러 곳의 플랫폼에 업로드해주는 서비스를 제공한다. 그러나 웹툰 출판사 대부분은 그런 업무를 하지 않는다. 한 작품을 여러 곳의 플랫폼에서 서비스하는 경우는 많지 않기 때문이다.

어쨌든 이런 점 때문에 웹소설 독자들은 웹툰 독자들은 잘 하지 않는 고민을 하기도 한다. '이 작품을 어느 플랫폼에서 볼 것인가'가 그것이다. 독자들은 플랫폼을 어떤 기준으로 선택할까? 물론 다양한 기준이 있을 것이다. 그러나 댓글이 이를 선택하는 중요한 기준이 될 수 있음은 어렵지 않게 짐작할 수 있을 것이다.

이러한 맥락에서 선독점 플랫폼은 유리하다. 대체로 가장 먼저 연재된 플랫폼에서 가장 높은 조회수를 확보하기 마련이다. 높은 조회수는 많은 독자 수를 의미하기도 하며, 그에 비례해 댓글 수도 많아진다.

선독점 플랫폼에서 1화부터 보기 시작한 독자들은, 선독점이 끝나고 한꺼번에 100화가량이 업로드되는 2차 플랫폼의 독자들에 비해 댓글을 적극적으로 달 것이다. 이는 선독점 플랫폼의 댓글 수가 다른 플랫폼의 댓글 수보다 상대적으로 많을 수밖에 없는 또 다른 원인이다. 작품과 댓글을 함께 읽는 재미를 추구하는 독자라면, 이 이유만으로 선독점 플랫폼에서 작품을 읽게 될 가능성이 높아질 것이다.

그런데 댓글 수가 플랫폼 선택 기준의 전부는 아니다. 신문 기사를 읽는다고 생각해보자. 댓글이 가장 많이 달린 사이트에서만 기사를 읽을까? 그렇지 않다. 자신과 비슷한 사회적·정치적 관점을 지닌 댓글이 많은 사이트를 선택하기도 할 것이다. 댓글은 사용자들의 목소리이며, 이 목소리가 모여 그 사이트 혹은 플랫폼의 성향이 형성된다. 결국 댓글에서 나타나는 성향, 나아가 사이트의 성향이 내가 텍스트를 읽을 곳을 선택하는 중요한 기준이 되는 것이다.

웹소설 플랫폼 또한 성향이 다양하다. 남성향·여성향 플랫폼, 저연령·고연령 플랫폼, 무협 강세 플랫폼, 로맨스판타지 중심 플랫폼 등. 물론 어떤 작품이 인기를 얻느냐에 따라 그 플랫폼의 성향을 파악할 수도 있다. 그러나 더욱더 직접적으로는 독자가 '우리는 이런 작품을 좋아한다/싫어한다' 등의 의견을 표출하는 댓글을 통해 플랫폼의 성향이 드러난다. 결국 나와 비슷한 입맛을 가진 독자들과 의견을 공유하면서 작품을 읽는 것. 이것이 댓글과 관련해 플랫폼을 선택하는 또 하나의 기준인 셈이다.

이처럼 댓글은 웹소설을 어떤 플랫폼에서 읽을지를 선택하는 요소가 되기도 한다. 댓글은 나아가 '댓글이 재미있어서 이 소설을 계속 읽게 되었어', '다른 플랫폼의 댓글은 어떨지 궁금해서 이미 구매한 작품을 다른 플랫폼에서 또 구매했어'라는 결과를 만들어내기도 한다. 이를 통해 댓글을 웹소설의 일부라고 보아야 할 이유를 확인할 수 있다.

댓글은 기성작가도 무섭다

　필자는 웹소설 작가로 활동한 지 7~8년 정도가 되었다. 2010년대 초반 흔히 말하는 '장르소설' 작품으로 종이책을 출간했으며, 5년 뒤인 2017년 웹소설 장르 최초로 유료 작품을 연재하였다.

　그즈음 재직하던 대학의 인문학부 학생들을 대상으로 웹소설 특강을 주최했다. 특강에는 '네이버' 등에서 활발하게 연재하는, 열 손가락 안에 꼽힐 정도의 인기 웹소설 작가를 초청했다.

　특강이 끝난 후, 웹소설에 갓 입문한 초보 작가로서 조언을 부탁했다. "저도 '네이버'에서 얼마 전에 연재를 시작했습니다.""그래요?"작가는 살짝 놀란 표정을 짓더니, 이내 조언을 한마디 해주었다. "당장 '네이버 시리즈(네이버의 웹소설/웹툰 플랫폼)' 앱을 스마트폰에서 지우세요!"연재를 시작했으면 오히려 없던 앱도 깔아야 할 거 같은데, 완전히 반대로 조언을 해준 것 같아 그 이유를 물었다.

"댓글을 안 봐야 해요. 댓글을 보면 그 말에 휘둘리고 상처받아서 연재를 못 하거든요. 저도 앱을 지웠어요." 선배 작가가 후배 작가에게 제일 먼저 해준 조언이 댓글과 관련된 것이라는 건 시사하는 바가 크다. 그만큼 댓글 때문에 고민하는 후배를 많이 봤다는 의미이고, 자신 또한 고민을 많이 했다는 이야기일 테니까 말이다.

더욱이 흥미로웠던 점은 그가 앞서 얘기했던 것처럼 상당히 두꺼운 팬층을 보유한 인기 작가라는 사실이다. 그런 정도로 인기가 많은 작가에게도 댓글이 도박중독자가 손목을 자르는 심정으로 앱을 지워야 할 만큼 멀리해야 할 것으로 느껴진다는 게 놀라웠다. 그러나 필자도 댓글의 위력을 느끼고 있었다. 그래서 그 조언을 듣고 고개를 크게 끄덕였다.

그렇다면 그 후 필자는 '네이버 시리즈' 앱을 지웠을까? 아니 지울 수 있었을까? 당연히 그렇게 하지 못했다. 연재를 하면서 하루에도 몇 번씩 앱을 켜 댓글과 평점을 확인했다.

필자의 '네이버 시리즈' 첫 연재 작품은 당시 유행하던 웹소설의 문법에 충실하지 않았다. 좋게 말하면 종이에 소설을 쓰던 스타일이 남아 있는 작품이고,

나쁘게 말하면 웹소설 독자들이 선호하는 스타일을 충분히 반영하지 못한 작품이다. 그래서 작품에는 긍정적인 댓글보다 부정적인 댓글이 훨씬 많이 달리고는 했다. 당연히 그런 댓글을 보며 상처를 많이 받았다. 예상했고 각오했던 상황임에도 불구하고 말이다.

지금까지의 사연만 늘어놓고 보면, '댓글은 안 보는 게 좋다'라는 이야기처럼 들릴 수도 있겠다. 하지만 그렇지 않다.

가끔씩 올라오는 긍정적인 댓글, 우호적인 댓글 또한 엄청나게 강력한 에너지를 지니고 있다. 작품에 비판적인 댓글만 달린다면 작가는 정말 힘들 것이다. 그러나 필자는 긍정적인 댓글들이 균형을 맞춰주어 연재할 힘을 다시 얻었다.

댓글의 위력은 대단하다. 그것은 부정적인 댓글만을 의미하지 않는다. 이 책에는 어떻게 하면 댓글의 부정적인 에너지를 최소화하고 긍정적인 역할을 최대화할 수 있는지에 대한 이야기가 담겨 있음을 기억하자.

웹소설 댓글의 긍정성

　강한 힘을 지녔다는 것이 안 좋은 것만을 의미하는 것은 아니다. 잘 드는 칼이 모두 극악한 흉기가 되는 것은 아니다. 칼이 잘 든다는 데는 긍정적인 면이 더 많다. 댓글도 그러하다. 작가에게 부정적인 영향을 줄 수 있다면, 그 반대로 긍정적인 영향도 줄 수 있다. 대부분의 웹소설 작가는 적응기를 거친다. 첫 작품부터 많은 독자에게 사랑받는 것은 아무리 폭발적으로 성장하고 있는 웹소설 시장이라 할지라도 그리 흔한 일이 아니다.

　그렇기 때문에 대부분의 신인 작가는 얼마 되지 않는 독자의 호응에 기대어 연재를 시작한다. 자기만족은 물론 창작에 있어서 중요한 요소다. 하지만 그것만으로 작가가 오랜 시간 꾸준하게 연재해야 하는 웹소설 창작의 에너지를 유지하기는 어렵다. 창작은 시간과 기회비용을 들여야 한다.

따라서 독자들의 반응은 작가 대부분에게 중요한 에너지원이 된다. 댓글은 붓을 꺾고 싶게도 하지만, 당장 때려치우고 싶던 창작에 다시 몰두하게 하기도 한다.

많은 독자의 댓글도 좋지만, 소수 애독자의 애정 어린 댓글이 주는 위안도 무시할 수 없다. 댓글은 가장 직접적인 독자의 반응이기 때문에, 작가의 감정에도 직접적으로 작용한다. 하지만 감정적인 측면에서만 댓글의 역할을 설명하는 것은 충분하지 못하다.

댓글은 작가에게 중요한 정보를 주기도 한다. 이 정보는 두 가지로 나눌 수 있다. 하나는 작품에 대한 독자의 반응이다. 웹소설 작가의 입장에서 연재를 시작하기 전에 작품에 대한 독자의 반응을 예측하기는 쉽지 않다. 그러나 독자가 실제로 어떻게 반응하는지는 작품을 써나가는 데 도움이 되는 중요한 정보다. 여기에서 말하는 반응은 단순히 호불호를 가리는 데 그치는 것이 아니다.

독자 개개인의 호불호도 물론 중요하다. 그러나 그보다 여러 댓글을 통한 독자 반응의 일반화가 더욱 중요하다. 즉, 작품의 댓글 전반에 걸쳐 일반화할 수 있는 '웹소설 독자는 어떤 사람인가', '웹소설 독자는 어떤 것을 원하는가', '웹소설 독자는 어떤 것을 싫어하는가' 등이 작가가 작품을 써나가는 데 중요한 역할을 하는 정보가 되는 것이다.

작가는 독자와 소통하는 사람이다. 작가가 집필하는 작품은 소통의 근거가 되기도 하지만, 소통의 결과가 되기도 한다. 오늘 작가가 연재한 작품의 내용은 어제 독자의 댓글을 참고한 결과일 수 있다. 작가 입장에서 자신이 상대하는 독자의 특성을 아는 것은 매우 중요하다. 댓글은 이러한 정보를 제공하는 창구가 된다.

또 하나는 독자가 직접적으로 가르쳐주는 정보다. 작품을 쓰는 데 배경지식은 중요하다. 하지만 작가가 아무리 작품의 소재와 관련한 지식이 많다 해도, 모르는 영역은 존재한다. 가령 자동차를 소재로 한 웹소설을 쓴다고 해보자. 작가가 자동차 엔지니어 출신이라면 자동차의 기술적인 부분에서는 상당한 지식을 뽐낼 수 있을 것이다. 하지만 시장의 반응에 대해서도 그러할까? 혹은 자동차 블로거의 성향이나 영향력 순위도 잘 알고 있을까? 전문가라고 불리는 사람도 전문성을 발휘할 수 있는 영역은 생각보다 제한적이다.

연재를 시작하기 전이나 연재를 하면서 아무리 철저하게 공부해도 여전히 모르는 것투성이라는 사실을 깨닫는 데에는 그리 오랜 시간이 걸리지 않는다.

그리고 그 사실을 깨닫는 가장 흔한 요인은 댓글이다. 독자의 댓글에는 많은 정보가 담겨 있기 때문이다. 이런 댓글은 다른 독자에게만 공부가 되는 것이 아니라 작가에게도 공부가 된다.

이처럼 댓글은 웹소설의 창작과 감상, 더 나아가 소통의 전반에서 여러 가지 긍정적인 영향력을 발휘할 가능성이 충분히 내재되어 있다. 긍정적인 영향력과 부정적인 영향력을 유형별로 살펴보고, 어떻게 전자를 확산시키고 후자를 축소시킬 수 있는지를 독자와 함께 고민해보는 것은 이 책이 갖는 또 하나의 목표라고 할 수 있다.

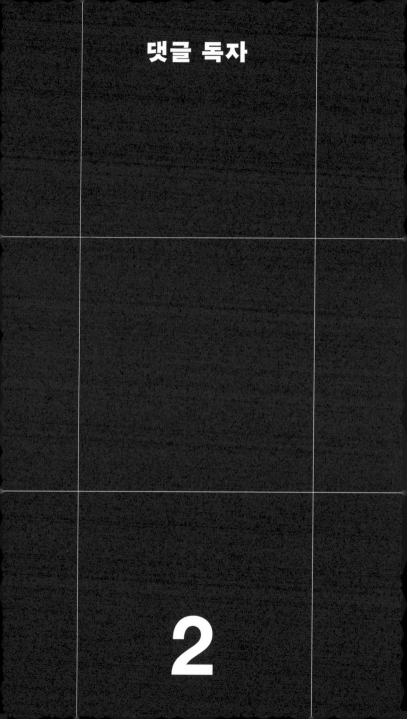

댓글 독자

2

댓글 소유권, 댓글은 누구의 것인가

　　댓글의 저작권이나 소유권 문제에 관해 진지하게 생각해볼 기회가 자주 없었다. 소위 '댓글부대', '댓글알바(다른 사람을 사칭하거나, 한 명의 의견을 다수의 의견인 양 호도하거나, 거짓 내용을 담고 있어 그 내용에 책임질 수 없는 경우가 많다)' 같은 특수한 경우를 제외하면, 댓글을 청탁받아 쓰는 경우를 떠올리기는 어렵다. 또한 자신이 쓴 댓글에 관한 저작권료를 받는 경우를 찾기도 쉽지 않다.

　　따라서 '나의 댓글은 나의 것임을 보장받아야 한다', '나의 댓글을 다른 사람이 함부로 퍼다 쓰면 안 된다', '댓글을 쓰는 것도 일종의 아이디어에 의한 창작이니, 그에 대한 대가를 받아야 한다'라고 생각하거나 선언하는 사례를 본 적이 거의 없을 것이다.

　　그렇다면, '댓글은 누구의 것인가?'에 관해 전혀

고민할 필요가 없는 것일까? 다음의 사례를 통해 자세히 생각해보기로 하자. 웹소설은 물론 웹툰에서도 중요한 역할을 하고 있는 '네이버'의 이야기를 해보도록 하자. '네이버 웹소설·웹툰'과 '네이버 시리즈'는 별개의 플랫폼이라고 할 수 있지만, 서로 떼려야 뗄 수 없는 밀접한 관계이기도 하다('네이버'라는 이름을 공유하고 있으니 어쩌면 당연한 일이겠다).

'네이버 웹소설'은 'https://novel.naver.com'을 통해 접속할 수 있는 플랫폼이다. 별도의 앱은 마련되어 있지 않다. '네이버 웹툰(https://comic.naver.com)'이나 '네이버 시리즈(https://series.naver.com/)' 또한 별도의 URL이 있다. 세 플랫폼은 '네이버'에서 상호 링크를 제공해 자유롭게 드나들 수 있지만, 별도의 플랫폼이라고 보아야 할 것이다.

'네이버 웹소설'이나 '네이버 웹툰'에서의 연재가 완료되면, 그 작품은 '네이버 시리즈'로 이사한다. 2014년 4월부터 '네이버 웹소설'에서 연재되었던 장영훈 작가의 〈패왕연가〉를 예로 들어보자. 이 작품은 300화로 완결되었다. 그러나 현재 '네이버 웹소설'에서는 이 작품을 무료 연재 분량에 해당하는 25화까지만 읽을 수 있다. 대신 "다음 이야기가 궁금하다면? 시리즈에서 미리 만나보세요!"라는 안내 문구와 함께 '네이버 시리즈'의 해당 작품 페이지로 이동할 수

있는 링크가 제공되어 있다. 즉, '네이버 웹소설'에서
는 현재 해당 작품을 끝까지 감상할 수 없다.

'네이버 웹소설'과 '네이버 웹툰'에서는 인기 작
품이 연재되고, 분량이 어느 정도 쌓이면 '네이버 시
리즈'에 동시 연재되거나, 〈패왕연가〉의 경우처럼 사
실상 이주하게 된다. 웹소설 작품은 '네이버 웹소설'
에 있다가 '네이버 시리즈'로, 웹툰 작품은 '네이버 웹
툰'에 있다가 '네이버 시리즈'로 옮겨가는 과정을 거
치게 된다는 말이다.

여기에서 문제 하나가 발생한다. 예를 들어 '네이
버 시리즈'가 생기기 전에 '네이버 웹소설'에서 작품
을 모두 읽었던 〈패왕연가〉 같은 경우를 생각해보자.
'네이버 웹소설'에 여전히 남아 있는 〈패왕연가〉의
경우, 이 책을 집필하는 2024년 여름 현재, 600여 개
의 댓글이 달려 있다. 그러나 '네이버 시리즈'의 해당
작품 페이지에 가보면, 그와는 전혀 다른 댓글 수를
확인할 수 있다. 일일이 확인하지 않아도 같은 작품이
지만 별개의 댓글이라는 것을 금방 확인할 수 있는 것
이다.

이런 현상 자체가 문제는 아니다. 그러나 이러한
작품의 경우, '네이버 시리즈'에서 다음과 같은 내용
의 댓글을 심심치 않게 발견할 수 있다는 점에 관해서
는 생각해볼 필요가 있다.

"이 작품은 좋은 댓글이 많은데 다 없어져서 아쉽다."

"유료화 자체는 작가님 수입이 되기에 찬성한다."

"그러나 (댓글이 지워지는) 시스템은 바뀌면 좋겠다."

이런 내용을 담은 댓글은 여러 작품에서 어렵지 않게 찾아볼 수 있다. 대표적인 것이 '네이버 웹툰'의 웹툰 인기작 〈입시명문사립 정글고등학교〉에 '온로휘월'이라는 닉네임을 쓰는 독자가 남긴 댓글이다. 980개가 넘는 '좋아요'를 받았고, '싫어요'는 31개밖에 되지 않아 'Best댓글'로 댓글 창 상단에 노출되어 있다.

작품의 본문만이 아니라 댓글까지 함께 감상하는 것은 웹콘텐츠 독자에게 일상적인 행동 양식으로 자리 잡은 지 오래다. 따라서 '좋은 댓글'이라고 표현된 일부 댓글은 작품의 일부로서 여러 번 읽어볼 만한 요소로 여겨진다. 댓글이 사라졌다고 안타까워하는 것은, 그것을 여러 번 읽어볼 만한 가치가 있는 대상이라고 여긴다는 전제가 담긴 것이다.

콘텐츠를 즐기는 사람이라면 누구나 비슷한 경험이 있을 것이다. 재미있는 유튜브 영상을 보았다고 하자. 그러면 바로 다음 영상을 보기 위해 그 페이지를 떠나는 사람도 있겠지만, 댓글 창으로 이동하여 어떤 댓글이 있는지를 살피는 사람도 많다.

필자의 경우는 거의 예외 없이 콘텐츠의 댓글을 함께 살피는 편이다. 그리고 예상하지 못한 재미있는 댓글을 발견하고는 박장대소하기도 한다. 이는 해당 콘텐츠를 더욱 긍정적인 것으로 평가하고 기억하게 만드는 시너지 효과를 발휘하기도 한다.

재미있게 감상한 텍스트는 그 후에도 생각나고는 한다. 유튜브 영상을 재미있게 보고, 댓글 덕에 한 번 더 깔깔 웃었다면 어떨까? 나중에라도 그 영상을 다시 검색할 확률이 높을 것이다. 그렇다면 두 번째 보는 영상이라고 해서 영상 자체만 감상하고 댓글 창을 보지 않게 될까? 예전에 나를 웃게 했던 그 댓글을 다시 찾아보지 않을까? 나아가 그 댓글에 달린 대댓글 중에 새로운 것이 있나 확인하려 하지 않을까?

'네이버 웹소설'이나 '네이버 웹툰'의 작품이 '네이버 시리즈'로 옮겨가는 과정에서 이러한 문제가 전면에 드러났다. 작품만 옮겨가면 될 거라고 생각하기 쉽지만, 댓글이 함께 보존되어 옮겨가지 않았을 때 독자가 느끼는 상실감은 예상보다 크다. 독자가 자신의 댓글이 지워지거나 접근이 불가능한 것에 대해 불만을 표출한다면 어떨까? 남의 글을 삭제하는 것은 꽤 민감한 일이다. 포털사이트가 별다른 사유 없이 특정 게시물을 함부로 삭제했다는 건 상당한 문제를 야기할 수 있는 행위이다.

하지만 댓글에 관해서는 그러한 문제가 표면적으로 대두된 적이 없는 것 같다. 그러나 생각해보면, 그런 문제가 이미 발생하고 있다는 것을 부정할 수 없을 것이다. 약정이라든가, 판례의 부재라든가 하는 이유로 독자는 여전히 자기 댓글의 소유권이나 보존권을 온전하게 보호받지 못할지도 모른다. 즉, 자신의 댓글을 자신이 더 이상 볼 수 없는 상황이 발생했을 때, 댓글을 단 독자가 보호받을 수 있는 법이나 제도가 아직은 마련되어 있지 않다는 이야기다.

그렇다고 해서 독자의 댓글에 대한 권한을 무시해도 괜찮다고 볼 수는 없을 것이다. 댓글의 권리에 관한 논의가 활발해지고, 그에 관한 인식이 강해진다면, 그와 관련된 법과 제도가 마련될 가능성은 얼마든지 있다.

독자의 목소리와 댓글

　본격적인 이야기를 시작하기에 앞서 웹소설 독자와의 소통과 관련된 질문과 답변을 하나 살펴보자.

Q. 과거 종이책만 있던 시절의 독자는 자신의 목소리를 전혀 낼 수 없었나요?

A. 출판사나 작가에게 전화하거나 편지를 써서 전할 수 있었습니다.

Q. 그렇다면 웹만이 독자가 목소리를 낼 수 있는 매체라고 하기에는 무리가 있지 않나요?

A. 웹의 독자는 웹이라는 매체 안에서 자신의 목소리를 낼 수 있습니다. 그러나 종이책의 독자는 자신이 읽고 있는 종이책이라는 매체에다 직접 자신의 목소리를 표출할 수 없습니다.

종이책 독자도 작가를 향하여 자신의 목소리를 표출할 수는 있다. 그러나 그것을 위해서는 읽던 책을 덮고 다른 매체를 찾아야 한다. 그런 면에서 웹은 혁신적인 소통 매체다. 대화가 실시간으로 이루어질 수 있으며 저장도 가능하다. 웹 플랫폼의 근간인 게시판은 이런 특징이 집약된 소통의 공간이다.

웹소설 플랫폼은 인터넷 게시판 형식이다. 앞서 말했듯 웹소설을 연재한다는 것은 작품 제목과 같은 이름의 게시판 하나를 생성한다는 것이다. 여기에는 '공지', '본글', '댓글' 등 게시판의 구성 요소가 포함되어 있다. '본글'의 역할은 웹소설의 각 화가 한다. 게시판이기 때문에 본글에 대한 반응을 표출할 수 있는 댓글 창은 필수로 제공된다.

따라서 웹소설 독자는 자신들의 목소리를 낼 수 있는 창구를 완전한 시스템으로 제공받는다. 종이책은 원천적으로 이러한 창구를 마련할 수 없다. 종이책 내에 독자의 목소리가 실시간으로 표출될 수 있는 창구를 마련하는 건 기술적으로 불가능하기 때문이다.

그러나 웹에서 이것은 기술적으로 가능할 뿐 아니라, 오랜 시간에 걸쳐 발전하며 자리 잡은 게시판의 구성 방식에 따라 적극적으로 구현된다. 웹에서 독자는 일종의 말하기를 요청받은 상태라고 볼 수 있다. 이는 종이책 독자에게는 요청하지 않았던 태도였다.

웹소설 독자에게는 댓글을 통해 목소리를 낼 수 있다는 가능성에 그치지 않고, 목소리 내기를 기대하고 전제하며 권장한다. 독자의 댓글을 무서워하는 작가도 있다. 앞서 소개한 것처럼 연재를 갓 시작한 신인 작가들에게 댓글을 볼 수 없도록 플랫폼 앱을 삭제하라고 권하는 선배 작가도 있다.

그러나 웹소설 플랫폼은 이미 관습적·형식적으로 독자의 댓글을 기다리고, 유도한다. 웹소설 독자가 생각을 자유롭게 표현하게 된 데에는 이러한 관습과 시스템이 뒷받침된다. 웹소설처럼 창작물이 게시판의 형태로 제공될 때, 일환으로 제공되는 댓글은 '작품 감상' 및 '작품 평가'를 일차 목적으로 한다.

종이책 형태로 유통된 문학 작품의 평가는 종이책이나 잡지, 신문 등 다른 매체를 통하여 이루어진다. 그런데 웹에서는 작품의 유통과 평가가 같은 매체에서 이루어진다. 이미 이것만으로도 큰 차이이다. 이런 경우 독자의 감상과 평가는 작가에게 직접 노출된다. 그렇기 때문에 작가는 그 목소리를 외면할 수 없다. 거기서 끝일까? 그렇지 않다. 다른 독자에게 노출된다.

그런데 여기에는 작품을 이미 읽은 독자뿐 아니라, 작품이 눈에 띄어서 혹은 단순히 관심이 생겨서 게시판에 들어온 독자가 포함된다. 이미 작품을 읽은 독자에게는 작품 평가가 '논쟁거리'가 될 것이다. 그런데 아직 읽지 않은 독자에게는 어떨까? 작품을 읽을지 말지를 선택하는 중요한 요소가 될 것이다.

이런 점 때문에 작가에게 독자의 목소리는 점점 외면할 수 없는 것이 되어간다. 댓글 독자는 그렇게 분명한 실체와 목소리를 지닌 채 웹소설 플랫폼에서 자신의 존재감을 드러낸다.

이야기 전개는 작가만의 몫인가

댓글에는 작품에 대한 평가만 담겨 있을까? 물론 그렇지 않다. 주류 웹소설은 100화가 거뜬히 넘는 장기 연재 형식으로 웹에서 유통된다. 이때 댓글은 해석이나 평가 외에 앞으로의 전개에 대한 내용도 많다. 소위 말해서 '감 놔라 배 놔라' 하는 식의 댓글이 그렇다. '이렇게 써주시면 재밌을 것 같아요!'라는 애정 어린 권유에서부터 '이렇게 안 쓰면 하차다!'라는 명령에 이르기까지…. 댓글을 통해 독자는 여러 가지로 작품의 전개에 참견한다.

"작가가 자존심이 있지. 정말로 댓글에서 요구하는 대로 작품을 수정하나요?" 이렇게 물으면 댓글에 충실히 반응하는 웹소설 작가도 대부분 '아니오'라고 대답할 가능성이 크다. 그런데 여기서 한 가지 간과하기 쉬운 사실이 있다. 이게 단순한 '네' 혹은 '아니오'

의 문제가 아니라는 점이다. 다시 말하면 영향을 전혀 받지 않기도 쉽지 않고, 독자의 댓글에서 요구받은 그대로 이야기를 전개하기도 쉽지 않다.

점검해야 할 의심스러운 전제가 있다. '연재되는 작품의 방향은 완전하게 설정되어 있다.' 웹소설을 비롯한 대부분의 연재물은 완성되지 않은 상태에서 연재가 시작된다. 단기 연재라면 모를까, 수백 화를 게시해야 하는 상황에서 완성 후 연재는 꿈에 가깝다. 실제로도 물리적인 조건이 허락하지 않는다. 최소한 몇 달을 들여야 완성할 수 있는 장편 연재소설을 다 쓸 때까지 발표하지 않는다? 작가에게도 생계는 중요한 문제이다.

대부분의 연재물 작가는 작품의 대체적인 진행 방향과 결말 정도는 정해놓지만, 이야기의 수많은 분기가 어떤 방향으로 흘러갈지 세세하게 정해놓는 경우는 극히 드물다. 장편 연재소설을 창작할 때 대부분은 연재 전 이야기의 큰 얼개를 잡아놓고, 실제로 진행하면서 세세한 부분을 정한다.

댓글의 영향을 애초부터 받지 않는 경우는 웹소설 세계에서 극히 드물다. 웹소설이 대중에게 알려지던 시기에는 이러한 연재 양상이 웹소설이 '질이 떨어지는' 예술임을 나타내는 근거 중 하나인 것처럼 언급되기도 했다.

그러나 기존의 장편소설은 물론 텔레비전 드라마에서도 이러한 사례를 얼마든지 찾아볼 수 있다. '사실은 금방 퇴장할 캐릭터였는데 시청자 반응이 너무 좋아서 완결까지 살아남았다'는 뒷이야기가 전해지는 드라마 작품은 흔히 발견할 수 있다. 장편소설에서도 독자의 반응에 따라 내용을 수정하는 사례는 매우 흔하다.

'연재'라는 형식을 취한 모든 종류의 서사에서 일어나던 현상이, '댓글'을 통해 한층 활발하고 다층적으로 일어나기 시작한 것은 웹소설의 특별한 점일 것이다.

독자는 댓글을 통해
작가와 협업한다

댓글을 통해 작품의 방향에 관한 의견을 받았을 때의 얘기를 좀 더 자세히 해보자. 예를 들어, 로맨스 소설에서 '주인공이 A 말고 B와 이어지게 해주세요' 같은 의견이나, 판타지 소설에서 '주인공 죽어요? 너무 싫은데…'와 같은 의견은 작가 입장에서도 들어주기 힘들다. 연애 상대의 결정이나 주인공의 최후 등은 이야기의 전체 흐름을 바꿀 정도로 큰 변수이기 때문이다. 보통 이 정도는 작품을 쓰는 즉시 연재하는 작가라고 하더라도 대략적으로 정해놓고 시작하기 마련이다.

그런데 '아, 이 조연은 매력이 없네요'라는 댓글이 달렸다고 하자. 작가는 이 댓글의 요구에 응할까, 응하지 않을까? 이렇게 되면 주인공의 운명을 결정하는 것과는 좀 다른 문제라는 걸 짐작할 수 있을 것이다. 게다가 비슷한 내용의 댓글이 많이 달리거나 이와 같은 특정 댓글에 동조하는 의견이 많으면 어떻게 해야 할까? 이 상황에서 작가가 선택할 수 있는 가장 과격하고 단순한 방법은 이 조연 캐릭터를 서사에서 퇴장시키는 것이다. 그 인물에게 예기치 못한 사고가 생겨서 퇴장할 수도 있고, 슬그머니 퇴장할 수도 있다.

드라마든 소설이든, 연재 형식을 띠는 작품에서는 대부분 다음과 같은 일이 벌어진다. 초반에는 무언가 역할이 있는 인물이었는데, 나중에 생각해보니 왜 없어졌는지도 모르게 행방불명되었다. 인기 드라마라 하더라도 이런 일은 발생할 수 있다.

비중이 매우 크지 않은 인물의 경우에는 '퇴장'도 작가가 쓰기 어렵지 않은 방법이다. 그런데 이 방법만 있을까? 사실 여러 가지 선택지가 있다. 하나는 캐릭터의 비중을 줄이는 것이다. 반대로 캐릭터의 매력을 살릴 수 있는 에피소드를 추가하는 방법도 있다. 아니면 독자의 반응을 보고 작가 자신이 깨닫지 못했던 캐릭터의 숨겨진 가능성을 파악할 수도 있다. 이런 선택지는 댓글의 요구를 온전히 수용한 것도 아니지만, 댓글의 요구를 배제한 것도 아니다.

조연 캐릭터의 '매력 없음'을 지적한 댓글에 대한 작가의 반응은 '왜 남의 작품에 왈가왈부해?'가 아니라, '아! 이 캐릭터를 일단 출연시키기는 했는데 이런 역할을 주면 되겠구나!'일 수도 있고, '이 캐릭터에 대한 요구사항을 반영하다 보니 다음 화 내용을 쉽게 구상했어!'일 수도 있다. 이렇게 보면 댓글을 통해 특정 전개를 요구하는 독자와 작가 사이에서 벌어지는 일은 자존심 싸움 같은 거라기보다 협업과 비슷한 일일 수도 있다.

필자는 현재 『삼국지』를 소재로 한 대체역사물을 연재 중이다. 이를 예로 들어 살펴보자. 독자들은 서사 전개에 대해 '이렇게 이렇게 해라!'라는 식의 직설적인 요구를 하지 않는다. 대신 '이렇게 이렇게 되겠지?' 하고 예측하는 방식으로 서사 전개에 대한 기대감을 표현한다. 그리고 그 과정에서는 근거가 언급된다. 가령 "정사에 보면 조조가 190년에 이런 일을 했으니까 이 소설에서도 곧 그 행동을 하겠지?"와 같은 댓글이 달리는 것이다.

소위 '삼국지물' 독자의 『삼국지』 관련 지식 축적량은 놀랍다. 그런 독자 수십, 수백 명이 댓글에 참여한다. 그러니 작가 한 명이 열심히 공부해서 다음 작품을 연재한다고 해도 전혀 모르던 새로운 지식이 댓글에서 튀어나오기 마련이다. 그러면 그 댓글에 영향을 받아 전개 방향을 다시 설정하는 것은 이미 자존심 같은 문제가 아니다. 오히려 명백한 설정 오류가 발생할 뻔했는데 댓글 독자가 구해준 셈이 된다.

이처럼 댓글을 통한 독자의 서사 전개에 관한 의견은 여러 가지 측면과 의미가 있다. 지금부터는 이를 속도, 전개, 결말 등으로 유형화해서 몇 가지 사례를 통해 좀 더 자세하게 살펴보겠다.

협업 댓글 사례
1. 이야기의 속도

웹소설은 물론 모든 연재물에서 작품의 서사 전개 속도는 중요하다. 속도와 관련해 독자는 댓글을 통해 작품에 적극적으로 의견을 제시하기도 한다. 웹소설 댓글에서는 '사이다'와 그 반대 의미인 '고구마'라는 말이 흔히 쓰인다. 이는 등장인물의 행동이나 태도가 통쾌한가, 그렇지 않은가에 대한 반응으로도 자주 사용하지만, 작품의 속도와 관련해서도 사용한다.

주인공이 큰돈을 벌어서 재벌이 된다고 하자. 웹소설에서는 이 과정이 얼마나 빨리 이루어지는가가 상당히 중요하다. 가령 20화 만에 재벌이 될 수도 있고, 200화 만에 재벌이 될 수도 있다. 밑바닥에서부터 시작해서 재벌이 되는 이야기를 개연성 있게 풀기에 20화는 너무 짧은 분량이다. 독자가 빠른 속도감을 느끼기는 쉽겠지만 말이다. 어떤 독자들은 '재벌이 되는 과정'을 보고 싶겠지만, 또 다른 독자들은 '재벌로서의 위력을 행사하는 장면'을 보고 싶을 수도 있다. 이는 간단한 문제가 아니다. 이야기의 전개 속도를 빠르게 하면 작품의 개연성이 없어지기도 한다. 전개 속도를 빠르게 한다는 것은 이야기 전개에서 많은 것을 희생해야 할 수도 있음을 의미한다.

작가 입장에서는 어떨까? 독자의 반응이 어떠하든 작가는 자신이 생각한 속도대로 작품을 전개할 수도 있다. 그러나 앞서 말한 것처럼 독자와의 소통을 무시하고 창작하는 작가는 드물다. 작가는 작품을 전개하면서 독자의 반응을 열심히 모니터링한다. '속도'에 있어서 정답은 없다. 똑같은 작품을 여러 플랫폼에 올렸는데, 독자의 반응이 다 다를 수도 있다. 그러나 작가에게 전개 속도에 관한 독자의 댓글은 소설을 집필하는 데 중요한 참고 자료가 된다.

'느리다'는 댓글이 많으면 전개 속도를 빠르게 할 것이고, '너무 빠르다'는 댓글이 있으면 전개 속도를 느리게 할 것이다. 앞서 말한 것처럼, 이야기 전개 속도를 결정하는 데에 독자의 의견을 반영했다고 해서 이를 '나의 구상을 뒤집었다. 이는 예술가로서 자존심을 굽힌 것이다'라고 생각하는 작가는 드물다.

2. 이야기의 전개

웹소설은 일 단위로 업로드된다. 일주일에 일곱 번 이상 연재되는 작품도 많다. 일주일에 세 번 이하로 연재되는 웹소설이 있다면, 연재 속도가 느린 편이라고 할 수 있다.

그러다 보면 웹소설 연재는 작가의 일과가 된다. 연재가 끝나면 기억에 남는 장면도 있고 그렇지 못한 장면도 있지만, 연재 중에는 매일이 고민의 연속이다. 이야기가 초반을 지나 중반쯤 전개되다 보면 작가의 긴장도가 떨어지는 구간이 생기기도 한다. 그럼에도 불구하고 선택해야 할 요소는 매우 많다. 여기에서는 필자의 경험을 풀어보겠다.

"웹소설 주인공은 실수하면 안 된다."

이는 웹소설의 문법이다. 많은 작가가 집필 시 이를 지키며, 이를 어겼을 때 독자는 댓글을 통해 분노를 표출하기도 한다.

필자의 첫 번째 웹소설 작품에서 주인공은 실수를 많이 했다. 드라마, 영화, 만화 등 대부분의 대중 서사 장르에서 주인공은 실수를 많이 한다. 그런데 웹소설에서는 그것이 '주인공 못 봐주겠다'는 독자의 댓글과 함께 다른 독자의 공감을 빠르게 얻어나간다. 그러면 곧 작품의 독자가 우수수 떨어져 나간다. 웹소설 댓글을 통한 평가의 위력은 이 정도이며, 이는 웹소설 장르의 문법으로 빠르게 환원된다.

다음 작품에서 필자는 한 가지 꾀를 냈다. 실수를 하지 않는 주인공은 말로는 쉽지만, 그렇게 되면 이야기를 전개하기가 어려워진다. 완벽한 인물이 실수를 하지 않는 이야기. 척 봐도 재미있는 이야기를 만들기 어려울 것 같지 않은가. 그래서 주인공의 제일 친한 친구를 등장시켜, 원래는 주인공이 해야 할 실수를 그 친구가 하도록 만들었다. 그랬더니 다음과 같은 댓글이 달렸다.

"친구는 이제 그만 나왔으면 좋겠다."
"친구만 나오면 짜증이 나서 못 보겠어요. 교통사고로 죽이면 안 될까요?"

필자의 예상을 뛰어넘는 댓글에 큰 충격을 받았다. 웹소설 독자는 실수하는 주인공도 싫어하지만, 실수하는 주인공의 친구도 미워한다는 것을 배우기도 했다. 다만, 주인공의 실수는 하차 이유가 됐지만, 주인공 친구의 실수는 하차 이유가 되지는 못했다. 필자의 당초 계획은 주인공 친구를 소설이 끝날 때까지 덜렁거리는 인물로 만들 생각이었다. 그러나 독자의 댓글 의견을 반영해 주인공 친구의 비중을 자연스럽게 줄이고, '성장형 인물'로 변화시켰다. 덕분에 이 인물도 점차 독자들의 응원을 받게 되었다. 이야기의 전개에 댓글의 도움을 받은 실제 사례다.

이야기를 밀도 높게 전개해야 하는 작가의 입장에서 독자의 반응은 예상하지 못한 방향으로 이야기를 전개하게 하기도 한다. 그리고 그것은 여러모로 작가의 창작에 영향을 미친다. 거창하게 '이 작품은 독자와 협업한 결과다!'라고 선언하는 작품은 많지 않더라도, 웹소설 작품의 절반 이상은 이러한 협업을 통해 창작되고 있는 셈이다.

3. 작품의 결말

작품의 결말이 독자의 댓글에 의해 바뀌는 것은 앞의 사례들과는 경우가 다르다. 변화가 크기 때문이다. 앞서 설명한 사례가 작가가 작품 집필을 시작하며 완전하게 구상하지 않았던 세세한 부분을 바꾸는 경우라면, 결말을 바꾸는 것은 작가의 구상 자체가 변화하는 일일 터이다. 물론 어떤 작품이 이에 해당하는지 독자가 판단하기는 어렵다. 작가의 구상과 다르게 결말이 바뀌었다고 해도 그것이 공표되지 않는 경우가 더 많기 때문이다.

이야기의 범위를 확대해서 생각해보자. 개별 작품의 결말이 아니라, 한 장르에 속하는 여러 작품 혹은 모든 작품의 결말에 대해서 생각해보자는 것이다.

"웹소설에는 배드 엔딩이나 새드 엔딩이 없다."

"웹소설은 모두 해피 엔딩이다."

웹소설 장르에서 이 명제에 도전하는 사람은 아직까지 얼마 없다. 해피 엔딩이 아닌 웹소설을 발표할 엄두를 내는 작가가 눈에 띄게 나타나지 않고 있다는 의미이다. 이를 뒷받침하는 명제가 있다.

"웹소설은 대리만족이다."

웹소설 독자는 주인공의 성공을 보며 대리만족을 한다. 그렇기 때문에 웹소설의 주인공은 불행해도 안 되고, 경쟁에서 져서도 안 된다. 나아가 앞서 말한 것처럼 실수 또한 대부분 허용되지 않는다.

그래서 처음 웹소설을 쓰려는 작가에게 창작 교육을 할 때는, 이를 강조하여 알려주는 편이다. 이런 기본적인 사항을 모르고 작품을 연재했다가는 주인공을 실수를 저지르는 인물로 그렸다가 댓글로 혼난 필자의 경험을 공유하게 될 것이다.

결국 존재하는 댓글에 의해서도 작품 전개에 영향을 받지만, 이야기를 전개하며 아직 존재하지 않지만 예상되는 댓글에 의해서도 영향을 받는다는 말이다. 요컨대, 웹소설 작가는 예상되는 댓글에 영향을 받아 결말을 포함한 작품의 틀을 구상하고, 연재 중인 작품에 달린 댓글에 영향을 받아 세세한 부분을 완성한다.

　이처럼 작품의 내용에 관해 이야기하는 댓글은 여러 측면에서 창작에 관여한다. 예상되는 댓글에 관한 이야기는 이 책의 '3. 댓글과 웹소설 비평'에서 좀 더 자세히 다루겠다.

독자와 집단지성

작가 중에는 똑똑한 사람이 많다. 웹소설 작가는 5,000자 분량의 원고를 매일 쓸 수 있다. 게다가 기승전결과 개연성을 유지하며 200화 이상 분량으로 이야기를 전개할 수 있다.

그렇다고 두 사람을 합한 것보다 똑똑한 건 아니다. 대학 때 한 교수님이 "작가가 대중을 따라가기만 해도 대단한 거야. 옛날에는 작가가 대중보다 똑똑한 줄 알았지만 말이야"라고 말씀하셨다. 이 말은 아직까지도 인상 깊게 남아 있다.

누구나 집단지성의 힘을 안다. 아무리 똑똑한 작가라 하더라도 모든 독자보다 지식이 많은 건 아니다. 앞서 언급한 『삼국지』의 사례도 마찬가지다. 한문학을 전공한 작가라 하더라도, 『삼국지』를 모두 외우고 있는 작가라 하더라도 독자의 댓글을 보다 보면 '아,

나도 모르는 부분이 있었구나'라고 깨닫게 되는 경우가 많다.

필자가 겪은 일을 예로 들어보겠다. 연재하던 작품의 주인공이 갑자기 대주주가 되었다. 그래서 기존의 주주들은 서둘러 비상총회를 소집했다. 그런데 필자는 주주총회에 관해 잘 몰랐기 때문에, "주주총회가 내일 긴급히 열린다고 연락을 받았다"라고 써 다음 화에 주주총회가 열릴 거라 예고하고 에피소드를 마무리했다. 그리고 다음 화를 쓰기 전에 인터넷 검색 등을 통해 주주총회에 관해 공부할 계획이었다. 그런데 에피소드가 업로드되고 두 시간도 지나지 않아 다음과 같은 댓글이 달렸다. "주주총회는 최소한 2주 전에 공지되어야 하는데…."

댓글을 본 순간 등이 뻣뻣해질 정도로 깜짝 놀랐다. 식은땀이 났다. 작가의 무식이 드러나다니 말이다. 물론 이 댓글 덕에 다음 화의 주주총회를 '비상상황 때문에 소집된 비정식 주주총회', '안건이 표결되지 않는 주주총회'로 바꾸어 위기를 면할 수 있었다. 독자의 한 줄도 안 되는 댓글이 큰 도움이 된 셈이다. 이처럼 독자는 자신의 지식을 간단하게 지나가듯 말하는 것으로도 작가와 작품에 큰 영향을 미칠 수 있다.

작가와 독자의 공동 창작

독자는 똑똑하다. 작가도 똑똑하다. 그런데 독자는 여럿이고, 작가는 한 명이다. 굳이 '누가 똑똑한가'를 따지자면 답은 나온 거나 마찬가지다. 종이책만 읽던 시절이라고 해서 사정이 크게 다른 것은 아니었다. 그 시절 독자들은 모일 수 있는 장소가 없었고, 목소리를 낼 수 있는 창구가 없었을 뿐이다. 장소와 창구역할을 하는 게 댓글 창임은 웹소설 독자라면 누구나 공감할 것이다.

어쨌든 다수인 독자의 똑똑함은 이제 댓글을 통해 입증되었다. 그리고 작가는 '이건 말이 안 되는데?', '작가가 이건 잘못 알고 있는데?'라는 댓글이 언제 어디서 튀어나올지 몰라 긴장하며 글을 쓴다.

작가에게 독자가 똑똑하다는 사실은 위협적이기만 할까? 그렇지는 않다. 작가가 어떤 태도와 생각을 지녔느냐에 따라 독자의 똑똑함은 창작에 도움이 되기도 한다.

"작가는 집필하는 영역에 관해 많이 알아야 하고, 나아가 전문성을 확보해야 한다."

이 명제는 항상 '참'일까? 논문이나 학술서 같은 전문 영역에서는 이 명제가 참의 위상을 유지하고 있을 것이다. 그러나 소설에서는, 더 나아가 소설을 포함하는 픽션에서는 어떠한가?

"요리를 소재로 드라마를 쓰려는 작가는 요리에 대한 해박한 지식은 물론, 전문성을 지녀야 한다."

이 명제에 대해서는 얼마나 동의할 수 있는가? 어떤 사람은 '그렇지. 요리에 관한 드라마 대본을 쓰려면 관련 지식을 쌓아야지'라고 생각할 수도 있지만, 어떤 사람은 '요리에 대해 잘 알면 좋겠지만, 요리를 모르는 사람이라고 해서 요리 드라마 대본을 쓸 수 없는 건 아닐 거 같은데?'라고 의문을 표할 수도 있을 것이다.

이런 의구심은 웹소설 장르에서 더욱 강해진다. 흥미를 중시하는 대중 장르일수록 작가의 지식과 전문성을 요구하는 정도가 약해진다는 이야기다. '재미만 있다면!'이라는 태도로 웹소설을 읽는 독자가 상당한 비중을 차지하는 것도 사실이다. 이에 따라 작가역시 '나는 이 분야에 대해 잘 모른다'는 사실을 숨기는 대신 오히려 공표하기도 한다.

이 경우 작가는 유식한 다수의 독자에게 혼나기만을 각오해야 할까? 그렇지 않다. 일종의 공동 창작을 요구할 수 있다. 그와 관련된 사례 하나를 소개하려고 한다. '문피아'와 '네이버' 등에서 인기를 끌었던 작품 중에 '네크로맨서(necromancer, 시체(nekrós)와 점술(manteía)의 합성어로 죽은 자의 영혼을 불러내 점치는 사람을 의미)'를 소재로 한 작품이 있다. 이야기가 초반을 지나 본격적으로 전개될 즈음, 작가는 연재 플랫폼에서 제공하는 '작가의 말'에 다음과 같은 글을 남겼다.

"독자들의 의견을 묻습니다. 세계에는 '죽은 자의 환생(네크로맨서)'을 다루는 신화나 전설이 많은데요. 그중에서 어떤 걸 다음 전개에 포함시키면 좋을지 댓글로 말씀해주세요. 혹은 소설 전개에서 아이디어로 쓸수 있는 '죽은 자의 환생' 모티프가 있으면 역시 댓글로 알려주세요."

'작가의 말'을 통해 '아이디어 댓글 공모'를 한 셈이다. 작가는 작품 연재를 시작하면서 여러 가지 구상을 한다. 그러나 100화, 200화를 넘어 긴 호흡으로 이어지는 작품의 모든 설정을 구상한 상태에서 연재를 시작하는 경우는 드물다. 또한 독자의 반응을 보면서 작품을 연재하다 보면 당초 의도와는 다르게 이야기를 전개해야 할 필요성을 느끼기도 한다.

　그럴 때 작가는 앞의 경우처럼 독자에게 솔직하게 도움을 요청하기도 한다. 이 경우 독자는 수동적으로 작품을 수용하고 감상하는 입장에 머무르지 않았다. 독자는 작가의 요구에 화답하여 댓글을 통해 아이디어를 제공하였고, 작가는 이를 반영하여 작품 창작을 이어갔다. 작가와 독자가 공동 창작 단계에 들어선 것이다.

　이처럼 댓글을 통한 독자와의 소통을 작가가 기정사실화하고, 그것을 열린 마음으로 받아들이면 여러 가지로 유용하다. 댓글을 통해 작가의 창작 방식은 물론, 독자의 향유 양상 또한 단순한 감상에서 공동 창작으로 바뀐 사례라고 할 수 있다. 댓글 독자가 주체성을 지녔다는 것은 이런 면에서도 실감할 수 있다.

댓글 독자의 집단행동

'좌표를 찍는다', '좌표가 찍혔다'는 웹소설에서 자주 쓰이는 말이다. 웹소설 장르에서 이 말은 주로 '공격 좌표'가 찍혀서 다수에게 공유되었다는 의미로 쓰인다. '공격 좌표'라고 굳이 이름 붙인 건, 좌표가 찍히면 공격을 받기 때문이다. 이 공격은 물론 댓글을 통해 이루어진다.

좌표가 찍히면 해당 작품의 댓글 창에서는 조직적인 댓글 공격이 시작된다. '좌표 찍기'는 작가에게는 상처가 되기도 하고, 공격 댓글이 아닌 댓글은 아래로 밀리거나, 댓글을 달 기회조차 박탈당하는 계기가 되기도 한다. 이는 댓글 창을 통해 이루어지던 소통 양상의 변화를 의미한다.

좌표를 찍는 이유는 다양하다. 사회적으로 물의를 일으킨 작가를 향한 공격일 수도 있다. 혹은 작품에

특정 부류나 집단에 속한 독자를 화나게 하는 내용이 포함되어 있어서일 수도 있다. 예를 들어 차별적 내용이나 정치적 내용 등 민감한 사안과 닿아 있을 때 해당 내용에 민감한 독자들이 좌표를 찍는 것이다. 독자가 좌표를 찍는 원인과 관련해 옳고 그름을 논할 수 있는 것은 아니다. '그럴 만했다'는 생각이 드는 경우도 있고, '이건 너무했다', '아니, 이게 왜?'라는 생각이 드는 경우도 있다. 어쨌든 좌표가 찍히고 그 결과가 가시적으로 드러나는 정도가 되면, 작가 입장에서는 의연하기가 어렵다. 작가나 작품에 대한 비판, 더 나아가 악성 댓글이 광범위하게 업로드되기 때문이다.

'좌표 찍기'는 독자가 댓글을 통해 힘을 획득하였다는 단계를 넘어, 그 위력이 작가 개인으로서는 감당할 수 없을 정도로 엄청나다는 사실을 보여준다. 다시 말하면, '독자도 댓글을 통해서 위력을 행사할 수 있어요'라고 말할 수 있는 단계에서 나아가 '독자의 힘이 엄청나요!'라고 말할 수 있는 단계까지 간 것이다.

좌표 찍기와 관련해 웹소설 PD(담당자)의 역할은 상당히 중요하다. 물론 이때의 역할은 좌표 찍기를 유도하는 것이 아니라 방지하는 것이다. 웹소설 PD는 지금까지의 경험이나 업계 사람과의 소통 덕에 '이렇게 하면 좌표가 찍힌다'는 정보가 축적되어 있다. 웹소설 작가는 오히려 그런 사실을 모르는 경우가 많다. 이런 경우 웹소설 PD가 이렇게 말해주는 것은 큰 도움이 된다. "저, 작가님. 오늘 쓰신 글에 좌표가 찍힐 만한 내용이 있습니다. 고쳐주셔야 할 것 같습니다."

이런 의견을 들었음에도 내용을 수정하지 않을 수도 있다. 그것은 작가의 영역이기 때문이다. 그러나 대체로 이런 의견은 강력한 수정 권고를 동반하는 경우가 많다. '꼭 고쳐주시면 좋겠습니다'라는 말과 함께 작가에게 전해지는 것이다. 좌표 찍기의 후폭풍은 작가나 출판사, 플랫폼 모두의 입장에서 감당하기 힘들기 때문이다. 작가도 그것을 알기에 수정 권고를 무시하는 경우는 흔치 않다.

좌표 찍기는 불특정 다수가 쓴 댓글의 위력을 극단적으로 드러낸다. 작품의 생산 주체도 이를 알기에 좌표 찍기 대상이 될 내용을 피하기 위해 대비한다. 이런 현상을 뭐라고 부를까? 일단 '금기(taboo)'의 생산이라고 할 수 있다. 웹소설에 써서는 안 되는 금기는 나아가 웹소설의 장르 문법을 구성하는 데 기여한다. 또 하나, '대중검열'이라는 개념을 쓸 수 있다. 검열은 권력을 지닌 소수 집단에 의해서만 이루어지는 것은 아니다. 21세기 '검열' 관련 연구자는 대중에 의해 상호적·자발적으로 이루어지는 대중검열 현상에 집중한다(물론 여기에는 긍정적 측면과 부정적 측면이 동시에 존재한다).

웹소설 댓글 창은 대중검열이 활발하게 이루어지는 공간이며, 좌표 찍기는 그중에서도 이러한 사실이 가장 확실하게 드러나는 현상이다. 좌표를 찍는 사람들은 단순한 의견 공유를 넘어 '이 작가나 작품처럼 해서는 안 된다'는 금기를 생산하고 설파하기 위해서도 그런 일을 한다.

이처럼 독자들의 집단행동은 대중검열 효과를 지니는 동시에, 웹소설 장르의 금기를 만들어낸다. 이를 통해 웹소설을 둘러싼 장르 문법과 관습은 생산되고, 재생산되고, 또 변화되기도 한다. 웹소설 댓글은 집단행동을 가능하게 하고, 그 집단행동의 파급력을 뒷받침하는 조건이 된다.

댓글과
웹소설 비평

3

웹소설의 비평과 댓글

    웹소설 장르에는 전문적인 비평과 비평가가 없다는 의견이 자주 제기된다. 일견 타당한 지적이다. 한국에 웹소설이 정착된 지 10년이 다 되어간다. 웹소설 작품을 전문적으로 평가하는 사람이 생기기에 짧은 시간은 아니다.

    한국 현대소설 장르가 정착되던 1910~1920년대를 생각해보자. 김동인과 염상섭은 현대소설의 기틀이 될 만한 작품을 창작하면서, 신문에 작품에 대한 평론을 실었다. 비평과 창작을 병행하는 작가는 장르가 정착되고 빠른 시간 안에 등장한다.

    그런데 웹소설 장르에서는 아직 작가이자 비평가로서 본격적으로 거론되는 사람도 드물고, 전문 비평가로서 인정받는 사람도 찾기 힘들다. 애초에 작품에 대한 비평이 특정 개인이나 집단에 의해 조직적으로 또는 정기적으로 이루어지는 예는 도드라지지 않았다. 물론 이런 현상에는 매체의 변화, 작가와 독자의 위계 변화, 비평 양상과 역할 변화 등 여러 가지 원인이 있을 것이다. 지금부터 이에 대해 자세히 이야기 나누도록 하자.

인쇄 혁명, 독자 혁명

    웹소설 장르에 전문 비평이나 비평가가 없는 데에는 거시적 차원에서 사회적 원인을 들 수 있다. 독자를 소위 '고급 독자'와 '저급 독자'로 구분하던 시기에는 '비평가'라는 직업에 대한 저변이 확실했다. 우월한 식견을 지닌 작가가 일반 독자에게 작품에 대한 평을 공유하는 관습은 문자 소통 과정에서 오랫동안 지속되었다.

    그러나 이러한 관습을 지속해오던 '계몽주의'는 20세기 후반 이후 그 힘을 많이 잃었다. 독자 개인의 독서 경험과 그에 기반한 해석의 다양성이 인정받게 되었고, 전문가 개인의 해석이나 평가가 예전만큼 권위를 확보하기 어려워진 것이다. '소수의 엘리트'가 지식의 장을 이끌어가던 시대가 지나가고, '똑똑한 다수'가 내는 저마다의 목소리가 인정받는 시대가 된 것이다.

종잇값의 하락, 인쇄술의 비약적 발전으로 '책'이라는 물건이 평민들도 살 수 있는 상품으로 변화한 시기가 있다. 15세기 구텐베르크의 '인쇄 혁명'이 그 전환점이 되어주었는데, 이후 '똑똑한 평민'이 대거 등장하였으며, 이는 혁명과 민주주의의 발현과 정착을 이끄는 결정적인 계기 중 하나가 되었다. 이렇듯 인쇄 혁명은 '유럽의 역사를 바꾸었다'고 평가될 만큼 중요한 사건으로 인정받는다. 그 파급 효과는 유럽을 넘어 인류 전체의 운명을 바꾸었다고 할 수 있지만, 그 과정을 요약하면 '누구나 책을 사서 읽고 똑똑해질 수 있게 되었다'고 정리할 수 있다.

'누구나 독자가 될 수 있다'는 명제는 지금 우리에게는 매우 당연하여 구태의연해 보이기까지 한다. 그러나 인쇄 혁명 이전에는 당연하고 자연스러운 일이 아니었다. '누구나 독자가 될 수 있다'는 것은 '누구나 지식을 축적할 수 있다'는 의미이고, 이런 생각은 '평민은 무식하고, 왕족이나 귀족은 유식하기 때문에, 전자가 후자에 의해 지배받아야 한다'는 명제를 근본부터 의심할 수 있는 계기가 되었다.

그런데 이로부터 약 500년이 지난 20세기 후반 독자들에게 또 다른 혁명이 일어났다. 인쇄 혁명은 누구나 독자로 만드는 데에는 성공했지만, 누구나 '작

가'로 만들지는 못했다. 그런 한계가 돌파될 계기가
20세기 후반에 마련된 것이다.

웹 혁명, 작가 혁명

종이는 매우 비싸고 무겁고 다루기도 까다롭다. 종이로 만드는 책은 인쇄, 제작, 유통에 상당한 에너지가 소모된다. 앞서 인쇄 혁명 이후 책을 만들기가 쉬워졌다고 해놓고, 왜 다시 책이 비싸고 만들기 힘들다고 이야기하는 걸까? 그건 기준에 따라 다르다. 양피지나 파피루스에 필사하던 시절의 책은 왕족이나 종교 지도자가 아니면 소유하기 어려울 정도로 비쌌다. 인쇄 혁명은 글자를 종이에 인쇄하는 방식으로 바꾼 사건이니, 책을 싸고 쉽게 생산하게 되었다고 말할 수 있는 것이다.

그러나 인쇄 혁명을 '양피지에 필사'가 아닌 '컴퓨터로 작성하여 웹에 업로드'와 비교하면 어떨까? 종이책과 전자책을 비교하면 어떨까? 소설과 웹소설을 비교하면 어떨까? 비교 대상을 '웹'과 관련된 책으로 바꿔 보면, 종이책은 엄청난 고비용에 고위험 상품이 된다. 왜 고위험이라고 하는 걸까? 종이책을 1권, 10권 혹은 100권 정도만 인쇄해 판매한다고 생각해보자. 출판사가 한 작가의 책을 출판해 시장에 내놨는데 100권밖에 팔리지 않았다고 생각해보자. 책값을 엄청 높게 책정하지 않는 이상 출판사나 작가는 손해를 볼 것이다.

작가는 그렇다 쳐도 출판사는 이윤을 추구하는 기업이기 때문에 이와 같은 손해를 감당하기 힘들다. 최소한 수백 권에 달하는 책을 판매해야 '손익분기점'을 넘어서서 이윤을 낼 수 있을 것이다(손익분기점은 이제 콘텐츠 산업에서 상식적인 말이 되었다).

이런 상황에서 출판사는 어떤 태도를 취할까? 아주 간단하게 생각해볼 수 있는 일은 '아무 작가와 함께 책을 출간하지 않는다'이다. 출판사는 엉터리 책을 냈다는 오명을 쓰지 않기 위해 작가를 엄선해야 하지만, 또 손익분기점을 넘기 위해 작가를 엄선해야 한다. 그 결과 작가가 되는 것, 책을 쓰는 것은 사실상 아무나 할 수 없는 일이 되었다. 이게 인쇄 혁명의 한계였다. 모든 사람을 독자로 만드는 데에는 성공했지만, 모든 사람을 작가로 만드는 데까지는 나아가지 못한 것이다.

그런데 웹이 생긴 뒤 어떤 변화가 일어났을까?

지금 우리는 웹에 익숙하니까, 내가 하고 싶은 말을 멀리 있는 다수의 사람에게 전달하는 일이 얼마나 어려웠을지 짐작하지 못한다. 우리는 마음만 먹으면 수만, 수십만 명의 독자에게 나의 메시지를 바로 전달할 수 있다.

극단적인 예이지만, 특정 유명인에 대한 터무니없는 모함 글을 인터넷에 올린다고 해보자. 혹은 관공서 사이트라든가 이용자가 아주 많은 사이트에 테러 예고 글을 업로드한다고 해보자. 순식간에 내가 쓴 글이 전파되는 것을 보게 될 것이다. 물론 이러한 글을 업로드하는 데에는 엄청난 대가가 따르므로, 이런 일을 해서는 안 된다. 그리고 할 사람도 없을 것이다. 그러나 불가능한 일이 아니라는 것에 관해서는 생각해 볼 필요가 있다.

웹이 보편적으로 쓰이기 전에는 불특정 다수에게 메시지를 전달하는 일이 매우 어려웠다. 책을 출간하거나 신문 같은 언론에 기고하는 등의 일은 절대 다수의 사람에게는 개인적으로 실행하는 것이 불가능했다. 할 수 있지만 뒷일이 두려워서 하지 않는 게 아니라 애초부터 가능한 일이 아니었다.

그런데 웹이 보편화된 요즘은 다르다. 누구라도 마음만 먹으면 글을 써서 웹에 쉽게 올릴 수 있다. 물론 책으로 출간해도 될 만큼의 분량과 정보를 갖춘 글이라면 그렇게 하기가 어려울 것이다. 그러나 짧은 분량의 게시물이라면? 나아가 이 책의 주인공인 댓글이라면? "거짓말을 써도 되고, 남에게 피해를 줘도 되고, 책임지지 않아도 됩니다. 24시간 안에 세 문장짜리 텍스트를 1,000명에게 읽히시오"라는 과제가 주어졌다고 해보자. 웹의 기본적인 활용법만 안다면 대부분은 이 과제를 해결할 수 있다.

이러한 환경에서는 '누구나 독자가 될 수 있다'는 데에서 나아가, '누구나 작가가 될 수 있다'는 사실을 부정하기 어렵다. 인쇄 혁명 이후 약 500년이 지나 문자 소통과 관련해 다시 한번 혁명이 일어났다고도 할 수 있다. 문자 매체 및 문학 매체로서 웹의 등장은 그만큼 중요한 파급력을 지닌 사건이다. 비평가는 작가와 독자의 소통을 중개하는 역할도 하지만, 엄선된 전문 작가이기도 하다. 비평문은 고도의 전문성을 인정받은 필자에게 허락된 형식의 글이다. 따라서 비평가로 인정받기 위해서는 소설가, 시인과 마찬가지로 엄격한 등단 과정을 거쳐야 한다. 비평가의 자격이 까다로운 것도 지면이 제한된 종이 매체의 한계와 밀접한 연관이 있다. 그러나 누구나 작가가 될 수 있는 웹 매체 시대의 비평가인지라 제한적 지위를 독점할 수는 없을 것이다. 전문 비평가의 정제된 비평 행위가 웹의 무한한 지면이 생산되는 환경을 기반으로 한 수

많은 독자의 비평보다 언제까지나 우월하다고 주장할 수 있을까?

웹은 비전문 비평가의 비평, 즉 일반 독자의 비평에도 지면을 확보해주는 것은 물론 언제든지 파급력을 발휘할 수 있는 매체이다. 따라서 웹이라는 매체를 통해 형성된 장르, 즉 웹소설 장르에서 전통적인 소수 비평가의 활약을 보지 못하는 것은 자연스러울 수 있다. 나아가 개인 비평가의 부재를 부정적으로 보는 현상에 대해서도 다시 생각해볼 필요가 있다.

웹소설 댓글과 비평

웹소설 독자는 댓글을 쓸 때 1인칭 주어로 '나'가 아닌 '우리'를 사용하는 경우가 많다.

"우리가 저런 대우를 받는 걸 재밌으려고 보는 건가? ㅋㅋㅋ 애초에 소설을 읽는 이유도 대리만족을 위해 선데, 누가 이런 소설을 공부하려고 봐? 주인공이 자세를 낮추지 않으면서 재미와 대리만족을 챙기는 소설을 쓰면 되는 것 아냐?"(찬성 11, 반대 2)

"계속 설명하네. 본인 직업에 대한 애착이 큰가? 왜 독자들을 자꾸 가르치려고 하냐? 하나도 안 궁금하다니까? 스토리 진행이나 빨리 하라고."(찬성 1, 반대 9)[02]

이와 같은 댓글에는 다음과 같은 명제가 전제된

다. '웹소설은 대리만족을 위해 읽는 것이다', '웹소설은 공부하려고 읽지 않는다', '주인공은 자세를 낮추지 않는다', '웹소설은 설명하거나 가르쳐서는 안 된다'. 이러한 명제들은 개인의 취향으로 받아들여질까? 아니면 웹소설 장르에서 꼭 지켜야 할 문법으로 받아들여질까?

웹소설 댓글에는 첫 번째 인용 문단처럼 '우리'나 '독자'를 주어로 사용하는 경우가 많다. 한 개인이 아닌 독자 전체가 자신과 같은 생각을 지니고 있다는 태도를 취하는 것이다.

독자가 자신의 생각을 '우리'라는 말을 통해 전체의 생각으로 치환하는 데에는 오류의 가능성이 내포되어 있다. 그러나 전혀 근거가 없는 행위는 아니다. 독자가 자신의 관점이나 시각이 일반적인 웹소설 독자와 공유되고 있다고 판단하는 데에는 나름의 경험이 바탕에 깔려 있기 때문이다.

예를 들어, 앞 쪽의 인용에서처럼 '웹소설 독자는 대리만족을 위해 작품을 읽는다'는 명제가 다수의 댓글에서 공유된다. '웹소설 독자는 설명에 지면을 쓰는 것보다는 빠른 사건 진행을 좋아한다'는 명제 또한 그

02 웹소설 댓글 창에서 흔히 볼 수 있는 댓글을 각색하였다.

러하다.

　　작가 입장에서는 이러한 댓글 또한 무시할 수 없는 의견이 된다. 그리고 웹소설 독자의 일반적인 의견처럼 받아들여진다. 더 나아가 웹소설의 장르 문법을 구성하는 요소로 기능하게 된다. 웹소설 댓글은 '웹소설은 ○○한 장르다', '웹소설 독자는 □□를 원한다', '웹소설은 △△해야 한다' 등의 의견을 끊임없이 제시하고 있는 셈이다. 이는 웹소설에 달린 댓글이 작가나 작품에 대한 사후 비평에서 그치지 않고, 사전 비평의 역할까지 수행한다는 사실을 가리킨다.

웹소설 댓글과 사전·사후 비평

앞서 '사전 비평', '사후 비평'을 언급했는데, 이에 대해 좀 더 자세하게 논의해보자. 나아가 웹소설 댓글이 폭넓은 비평의 역할을 수행한다는 말에 대해서도 좀 더 깊게 음미해보자.

비평은 다양한 기준으로 분류될 수 있는데, 문학비평에서는 '선도 비평', '실천 비평'이라 분류하기도 한다. 20세기 중후반에 쓰던 딱딱한 개념이지만 이해하기 어렵지는 않다.

'선도 비평'은 앞에서 선도하는 비평을 의미한다. '사전 비평'이라는 개념과도 유사하다. 즉, 작품에 앞서는 비평이다. 소설을 예로 들면, '소설은 이러해야 한다'는 방향을 제시한다. '소설은 서술자가 여러 명이면 혼란스럽다'는 비평은 소설 작가에게 일종의 가이드라인을 제공한다.

'실천 비평'은 '추수(따라간다는 뜻) 비평' 혹은 '사후 비평'이라고도 한다. 작품에 앞서는 게 아니라 작품에 뒤따르는 비평을 의미하며, 일반적으로 알려진 비평의 유형은 이쪽에 가까울 것이다.

간단하게 정리하면, 사전 비평은 작품의 앞에서 창작을 선도하는 것이고, 사후 비평은 작품의 뒤에서 창작을 평가하는 것이다. 둘 중 어느 것이 더 중요한지 나누는 것은 의미가 없고, 가능하지도 않다. 다만 둘을 구분하고 비교할 수는 있다.

첫째, 일반적으로 종이책 시절의 문학 연구에서는 사전 비평보다 사후 비평이 더 많았다. 둘째, 사전 비평은 사후 비평에 비해 더 큰 권위를 요구했다. 즉, '이 장르는 □□해야 한다', '다른 작가들은 ○○○처럼 창작해야 한다'라고 선언하려면, 그만큼 권위 있는 비평가여야 한다는 것이다. 셋째, 사전 비평은 장르의 문법을 정립하고 변화시킨다. 그에 비해 사후 비평은 직접적으로 그렇게 기능하지는 않는다.

이러한 차이 때문에 사전 비평이 수는 더 적지만, 그 역할은 중요하게 여겨졌다. 그렇다고 사후 비평의 중요성을 낮게 평가할 수는 없다. 사후 비평을 통해 근거가 축적되었을 때 사전 비평이 가능해지기 때문이다.

그런데 웹소설에서는 사전 비평과 사후 비평의

양상이 다르게 나타난다. 종이책 시절과 달리 사전 비평과 사후 비평이 구별되지 않은 상태에서 동시에 가능하다.

웹소설 댓글과 웹소설 문법

앞서 살펴본 것처럼 웹소설 댓글에는 비평적 요소가 많다. 웹소설 비평은 사전 비평과 사후 비평이 분리되지 않은 상태에서 동시에 가능하다. 지금부터는 그 이유에 대해 살펴보자.

비평은 고도의 훈련이 필요하다. 소설 비평, 시 비평, 음악·영화·미술 비평 등 종이책 시대에는 비평이 정식으로 출판되는 텍스트였다. 보통 저널리즘 매체에 싣고(예를 들어, 영화 잡지에 영화 비평이 실리고 음악 잡지에 음악 비평이 실린다), 그중 엄선된 것을 단행본으로 출간하는 식이었다. 따라서 아무나 '비평가'라 부르지 않았다. 비평을 썼다고 해서 누구나 종이책으로 출간할 수 있었던 건 아니었으며, 길든 짧든 훈련된 작가가 힘주어 쓴 비평만이 텍스트로서 세상에 발표되었다.

그렇다면 웹이 중심 매체인 지금은 어떨까? 블로그, SNS 등을 통해 누구나 비평문을 게재할 수 있다. 종이책 출판의 '비용'과 '리스크' 문제에서 자유롭다는 사실은 길게 설명할 필요가 없으리라. 'X(예전 트위터)'는 다양한 비평 활동이 활발한 것으로 유명했다. 인플루언서나 비평가가 아닌 평범한 사용자의 글이라도 우연한 계기로 널리 알려져 공감대를 형성하고 지지를 받게 되는 경우가 종종 있었다.

'X'의 게시물은 글자 수 제한이 있는 짧은 분량의 글이다. 이렇듯 짧은 분량의 글도 비평적일 수 있다. 그리고 웹에서는 정식 비평과 비평적이지만 정식 비평은 아닌 글을 구분하는 기준이 명확하지 않다. 따라서 비평은 여전히 존재하지만, 비평문의 실체는 점점 희미해지는 상황이라 할 수 있다.

댓글도 마찬가지다. '댓글은 비평적 내용이 담겨 있다 하더라도 댓글이지 비평은 아니다'라고 주장할 수 있는 명확한 근거가 있을까? 그렇지 않다. 비평적 댓글은 이미 활성화되었으며, 정식 비평문을 읽지 않아도, 혹은 정식 비평문을 작성하지 않아도, 비평을 향유할 수 있는 환경이 마련되어 있다.

비평문의 구조가 해체되고, 경계가 사라지는 것은 비평의 발전을 저해하는 일일까? 최근 필자는 흥미로운 화두를 접했다. '시의 죽음'을 통탄하는 시인이 시 낭독회는 어디에서나 열리지만 시집은 팔리지 않는 현실을 비판적으로 이야기했다. 이때 과연 시의 죽음인가, 종이책으로 만든 시집의 죽음인가를 생각해보아야 한다. 관점을 바꿔 보면 여전히 시는 대중에게 사랑받는 장르일 수 있다는 말이다. '시=시집'이라는 등식을 무비판적으로 수용하지만 않는다면 말이다.

그렇다면 이런 문제의식을 '비평=비평문'이라는 등식에도 적용해볼 수 있을 것이다. 종이책 시대의 비평가와 그들의 비평문은 웹소설에서는 활성화되지 않았다. 그렇다면 웹소설에는 비평이 없는 것일까? 그렇지 않다. 웹소설 댓글이 과거 비평문의 역할을 대신한다면, 전문적·본격적 비평의 조건을 필요로 하지 않는다면, 사전·사후 비평의 구분이나 위계가 생기지 않는 것은 자연스러운 일일 것이다.

이러한 논리에 의하여 종이책 시절 사전 비평과 사후 비평이 하던 역할을 웹소설 댓글이 하고 있다고 할 수 있는 것이다. 댓글은 작가와 작품을 평가한다. 나아가 작가와 작품에 창작 방향과 기준을 제시한다. 이러한 순환은 댓글 안에서 자유롭게 역동적으로 이루어진다. '비평문'이라고 명확하게 정의 내릴 수는 없지만, 비평의 역할은 어느 때보다 활발하게 다수의 독자에 의해서 행해지고 있는 셈이다.

웹소설 문법은 어디에서 왔을까? 예술·문학 장르 대부분이 그렇듯, 웹소설 장르는 연역적으로 누군가에 의해 기획되거나 선언되지 않았다. 어느 순간 웹소설은 실체화되었고, 그 장르를 지탱하는 여러 작가와 독자에 의해 매우 귀납적이고 유동적으로 장르의 일반적인 특성이 공유되었다. 이 과정에서 웹소설의 댓글이 중요한 역할을 했음은 강조해야 할 사실이다.

웹소설 댓글 비평과
웹소설 문법의 유동성

'사이다패스'는 '대리만족'만큼이나 웹소설 문법을 대표하던 용어였다. 2020년 전후로 웹소설 PD와 작품에 대해 이야기하면 이 두 키워드는 진리처럼 여겨졌다. '웹소설을 쓴다면 이 두 가지만큼은 거스르지 말라'는 요구가 있을 정도였다.

그런데 이 원고를 쓰고 있는 2020년대 중반이 되면 이야기는 달라진다. 대리만족은 여전히 웹소설 장르를 설명하는 주요 키워드로 사용되는 반면, 사이다패스는 예전의 위용을 유지하고 있는지 의문이 든다.

"사이다패스들이 하자는 대로 무작정 따라가면 소설
이 산으로 가요!"

이미 2~3년 전에 웹소설 PD에게 들었던 말이다.

즉, '개연성이 망가져도 사이다패스'라는 기존의 명제가 '사이다패스가 아무리 중요해도 개연성은 지켜야 한다'라는 명제에게 위협당하고 있음을 보여주는 징후였다. 이처럼 웹소설의 문법은 역동적으로 바뀐다. 2017년에는 절대로 해서는 안 되었던 일이, 최근 인기 작품에서는 자주 발견되기도 한다. 2024년 인기 작품인 〈회귀수선전〉에 대해 한 웹소설 PD는 이렇게 말했다.

"웹소설에서 하지 말라는 건 다 했는데도 인기 작품이 되었죠!"

기존의 웹소설 문법을 깨뜨리는 데 도전하여 성공했다는 것이다. 작가나 예술가 들은 선배들이 만들어놓은 규범을 따르는 듯하면서도, 은밀하게 그것에 도전하고 비틀어서 장르를 변화시킨다. 그리고 도전에 성공하면 새로운 문법을 만들어낸 장본인은 물론, 명작으로서의 입지를 다지는 작품을 만들어낸 작가로 인정받는다.

원래 장르는 이러한 발전과 변화 과정을 겪는다. 웹소설도 짧은 순간으로 보면 그 문법과 성공 공식이 불변할 것 같지만, 3년, 5년 정도 긴 호흡을 갖고 보면 지속적으로 변화한다. '내가 이 장르는 알아. 이 장르는 이거 한마디로 설명이 되지', '이 장르에서 무조건 통용되는 게 있어. 이건 절대 바뀌지 않아' 하는 식으로 장르에 접근하는 것은 오만일 수 있다. '할리우드 영화'가 그랬고 '소년 만화'가 그랬으며 '아침 드라마'가 그랬다. '천편일률적이고 상업적이라 만들던 대로만 만드는 장르'라는 평가는 긴 호흡으로 관찰하면 맞는 말이 아니다.

웹소설의 댓글, 댓글을 통한 비평에서도 그런 현상은 나타난다. 앞(93쪽)에서의 인용을 다시 확인할 필요가 있다. '대리만족하고 재밌으려고 본다'는 말에는 '찬성 11, 반대 2'의 반응이 있었지만, '스토리 진행이나 빨리 하라'는 말에는 '찬성 1, 반대 9'의 반응이 있었다. 이처럼 댓글에서는 '우리'라고 이야기하고, '웹소설은 원래'라고 표현하지만, 그 내용은 미묘하게 변하고 있고, 특정 명제를 전제로 한 비평이 공감을 얻는 비율도 시시각각 변하고 있다.

웹소설 장르의 문법은 권위 있는 비평가에 의해 연구되고 정립된 것이 아니라 불특정 다수의 작가와 독자에 의해 유동적으로 공유된 것이다. 그리고 그것이 실현되는 글도 정제된 비평문 형식이 아니라, 일견 사소해 보이는 댓글 형식을 띠고 있다. 이런 현상에 문제가 있는가? 그렇지 않다. 이러한 비평이 이루어지는 웹소설은 종이책 소설과 비교해서 열등한 것인가? 그렇지 않다. 일방적인 소통만을 허락했던 종이 매체는 다중 소통이 가능한 웹 매체의 비평과 장르 발전, 변화와 양상이 다를 뿐이다.

모든 예술은 매개된다. 매체를 통해 전달된다는 말이다. 그리고 이 매체가 장르를 변화시킨다. 회화는 종이 캔버스에서 디지털 디스플레이로 발전하면서, 음악은 콘서트장에서 음반을 거쳐 디지털 음원으로 발전하면서, 형식의 변화는 물론 소통의 변화를 겪었다. 문학도 마찬가지다. 소설은 종이를 거쳐 웹으로 매체를 옮기면서 그 형식이 변화했다. 변화는 그것뿐이 아니다. 웹소설을 둘러싼 소통, 비평, 장르의 변화와 발전 등의 양상 하나하나가 그 매체의 영향에 따라 새롭게 변화하고 있다. 그리고 웹 매체에만 존재하는 댓글은 이러한 변화를 추동하는 중심 역할을 하고 있다.

맺음말
댓글 독자의 미래

"큰 힘에는 큰 책임이 따른다." 〈스파이더맨〉에 나오는 이 유명한 대사는 이 책의 마무리에 가장 잘 어울리는 말이기도 하다. 이 책의 시작부터 끝까지 계속 강조했던 사실 중 하나는 댓글을 달 수 있는 독자의 힘은 텍스트 안팎을 막론하고 어마어마할 정도로 강력하다는 것이다. 작가에게 전해지는 힘의 크기도 그렇지만, 파급력이 미치는 범위로 보면 더욱 그러하다. 댓글은 작가를 울리기도 하고 웃기기도 하고, 작품의 성패를 가르기도 하고, 장르의 문법을 만들거나 변형시키기도 한다.

그렇다면 댓글이라는 무서운 무기를 독자들은 어떻게 활용해야 할까? 인터넷에 돌아다니는 수기 중에 꽤 유명한 것이 있다. '솔직히 작가 멘탈 터뜨리는 게 취미임'이라는 제목의 글이다. 첫 문장은 이렇다. "아무 작가나 따라가서 팬인 척하면서 칭찬해주다가 살짝 '여기서 아쉽네요'로 살살 긁다가 나중에 가서는 '너무 실망이네요 하차합니다'. → 이걸로 댓글 여론 조성해서 ○○ 많이 터뜨려봄." 여기서 '터뜨렸다'는 말은 제목에서처럼 '작가의 멘탈'을 터뜨렸다는 의미도 담겨 있지만, 동시에 작품 자체를 터뜨렸다는 말이기도 하다. 이 글의 내용이 사실이든, 거짓이든, 이 사연의 주인공은 처음에는 팬인 척 작가에게 접근한 다음 여러 개의 아이디를 쓰며 여론을 조성했고, 그렇게 조성한 댓글 여론의 영향으로 작가가 연재를 중단하기도 했다. 그리고 그 작가가 다음 작품을 연재하기 시작하면 똑같은 작업을 반복했다. 더 놀라운 것은 "작가님 예전 작품 좋았는데 아쉬워요. 그게 더 나았던 거 같아요"라고 해서 작가가 예전 작품을 다시 연재하게 했다는 사실이다.

작가가 이런 댓글 독자를 만날 경우 연재 중단이나 절필까지 하는 건 아니라고 해도, 최소한 상처받지 않을 방법이라는 게 있을까? 이러한 경험은 작가의 작품 활동에서 지속적으로 발목을 잡는 깊은 상처가 되기도 한다. 이 책은 독자가 댓글을 통해 웹소설 작가와의 소통에 적극적으로 참여하는 창구를 확보했다는 데에서 이야기를 시작했다. 그런데 이 댓글은 강력한 도구로 독자가 그것을 통해 작가와 작품을 심판

할 수도 있게 만들었다. 또 독자를 작가의 창작을 돕거나 방해할 수도 있는 존재로 만들었으며, 작품을 비평하는 것은 물론 장르 문법을 만들고 변화시키는 역할까지 부여했다.

이 책의 서두에서 언급했던 '독자의 주체성'은 댓글이라는 시스템을 발판 삼아 매우 견고하게 자리 잡았다고 할 수 있다. 문학 연구자들이 오랫동안 이 상향으로 제시했던, 작가와 독자의 상호 소통이 실현된 셈이다. 이제 작가와 독자는 상호 소통하며 공동 창작을 수행할 수도 있고, 장르의 변화와 발전을 도모할 수도 있다. 지금은 그런 일이 체계적이지 않은 상태에서 개별적으로 이루어지지만, 이런 현상에 대한 논의가 축적되면 훨씬 조직적이고 생산적인 형태로 실천될 수도 있다. 이 책도 그런 작업의 초석이 되려는 일환이다.

그렇다면 독자는 이제 웹소설의 향유 주체로서 책임감을 가져야 한다. 장르의 발전에 작가와 독자가 동시에 목소리를 내면서 기여할 수 있다는 것. 이것은 종이 매체를 벗어나 웹 매체로 넘어온 문학이 도달할 수 있는 새로운 발전 방향이다. 이 책에서 하고 싶은 이야기는 이것으로 마무리가 되는 것 같다.

한마디만 더 하자면 다음과 같다. 눈치 빠른 독자라면 이 책에서 하는 이야기가 웹소설에 국한된 것은

아니라는 사실을 간파했을 것이다. '웹'이라는 매체
를 통해 소통하는 독자는 이전 독자와 다른 존재이고,
이와 관련한 현상은 시간이 지나며 더욱더 확장되고
가시화될 것이다.

요다 해시태그 장르 비평선 04

#웹소설 #독자 #댓글

1판 1쇄 인쇄. 2025년 1월 10일
1판 1쇄 발행. 2025년 1월 20일

지은이. 김준현
펴낸이. 한기호
기획. 텍스트릿
책임편집. 정안나
편집. 도은숙, 유태선, 김현구, 김혜경
마케팅. 윤수연
디자인. studio.fractal.kr@gmail.com
경영지원. 국순근

펴낸곳. 요다
출판등록. 2017년 9월 5일 제2017-000238호
주소. 04029 서울시 마포구 동교로 12안길 14 삼성빌딩 A동 2층
전화. 02-336-5675   팩스. 02-337-5347
이메일. kpm@kpm21.co.kr

ISBN. 979-11-90749-83-1 04800
979-11-90749-24-4 04800 (세트)